Titelseite: **Sprachlos**
Erzählung

Julia Stipsits

Impressum:
Sprachlos
Julia Stipsits

Herstellung: Books on Demand GmbH
ISBN 3 – 8311 – 0951 - 6

Sprachlos

Gewidmet meiner Familie

And I don't want the world to see me,
'cause I don't think that they'd understand
When everything's made to be broken
I just want you to know who I am

(The Goo Goo Dolls)

Das Herz hat seine Gründe, die die Vernunft nicht kennt

(Blaise Pascal)

Sprachlos

10.August

Nachdem das hier wohl so eine Art Buch sein soll, habe ich beschlossen, daß auch ein Vorwort dazu gehört. Dies ist sicher das ungewöhnlichste Vorwort, das es je gab. Denn, kann man für etwas, das es gar nicht gibt, ein Vorwort schreiben? Ich schreibe deshalb „für etwas, das es gar nicht gibt", weil ich nicht weiß, ob ich hier jemals weiterschreiben werde. Dr. McMoraine hat zwar gemeint, daß ich, falls ich schreibe, es nur für mich tue, aber auch dazu gesagt, daß er meine Aufzeichnungen anschließend gerne studieren würde. Bis jetzt habe ich mich immer geweigert, in das von ihm geschenkte Buch einzutragen. Er hätte es ja doch gelesen. Warum ich jetzt plötzlich schreibe, ist mir schleierhaft. Aber vielleicht hat der gute Doktor recht und außerdem war ich schon immer eine leidenschaftliche Schreiberin. Nein, ehrlich ich schreibe gerne. Mir macht es Spaß, Geschichten zu erfinden; obwohl man bei dieser Geschichte nicht gerade von schriftstellerischer Eingebung sprechen kann. Und das deshalb nicht, weil es meine Geschichte ist. Doktor McMoraine meinte, ich solle alles zu Papier bringen, da Gedanken auf dem Papier leichter zu ordnen seien. Aber ich will überhaupt nicht, daß er meine Gedanken ordnet, ich finde sie sogar sehr ordentlich. Er kann mich nur nicht verstehen, da wir nicht wie „normale Menschen" kommunizieren können. Ich bin stumm.

Ich habe beschlossen, daß das als Einleitung genügt. Es ist alles so verwirrend, wenn es quer durcheinander geworfen wird. Darum werde ich ganz vorne anfangen. Begonnen hat das Ganze vor fast einem Jahr. Ich war immer schon das, was man ein ruhiges Kind nennt. Ich habe mich selten aufgeregt, war schön still und leise wenn Erwachsene gesprochen haben und bin auch unter meinen Schulkollegen nie als wichtigtuerischer Schreihals aufgefallen. Und irgendwann habe ich dann ganz aufgehört zu sprechen, einfach so. Ich weiß, das muß unglaubwürdig klingen, aber es war so. Von einem Tag auf den anderen habe ich zu sprechen aufgehört. Meine Eltern haben erst alles für einen Scherz gehalten und auch mein kleiner Bruder konnte mich nicht ernst nehmen. Nach zwei schweigsam zugebrachten Tagen fanden sie es schon nicht mehr so komisch. Meine Mutter meinte, ich solle den Blödsinn jetzt langsam wieder lassen und mein Vater unterstützte sie, indem er mir Schauergeschichten über rückgebildete und verkommene Stimmbänder erzählte. Aber ich blieb stumm. Anna, meine ältere Schwester, meinte, daß das eine pubertäre Trotzphase sei und ich schnell wieder zu reden anfangen würde. Ach, Anna, mein ewiges Vorbild. Sie ist zwanzig, bildhübsch mit ihren langen, braunen Haaren und den meerblauen Augen, sie studiert Jus und ist der intellektuelle Kopf der Familie. Und in diesem

Moment hätte ich sie erwürgen können. Vorübergehende Trotzphase, ha, ich war mir hundertprozentig sicher, daß ich nie wieder ein Wort reden wollte. Die restliche Woche haben sie versucht mich zum Reden zu bringen. Sie haben mir Fangfragen gestellt, mir gedroht und mich bestochen, alles umsonst. Wenn ich mir etwas in den Kopf gesetzt habe, dann bleibe ich hart. Bei dieser Sache war ich so hart, wie der Steinboden für jemanden, der nur Sand kennt. In der nächsten Woche, es war immer noch kein Laut über meine Lippen gekommen, stand meine Mutter plötzlich in meinem Zimmer. Ich war gerade dabei zu überlegen, ob sich wohl ein Spätsommerputz auszahlen würde, da mein Zimmer aussah, als ob meine Schmutzwäsche mit dem aus der Bibliothek geborgten Stapel Bücher fangen gespielt hätte. Sie stand völlig überraschend in der Tür. Das ist deshalb so ungewöhnlich, weil sie als einzige von uns Hausschuhe trägt, bei denen es sich auch noch um Holzschlapfen handelt, die man, unserer Meinung nach, noch im Nachbarhaus die Stiege hinauf klappern hören müßte. „Darf ich hereinkommen?", war das Einzige, was sie sagte. Ich nickte als Antwort und wie auf Kommando setzten wir uns auf mein Bett. „Silvie", allein wie sie meinen Namen aussprach ließ mich zusammenfahren, „ich muß mit dir reden". Das Erste, das mir durch den Kopf ging, war, daß das wohl ein ziemlich einseitiges Gespräch werden würde. „Hör zu, mein Schatz", hob sie wieder zu sprechen an. „Dein Vater und ich machen uns große Sorgen um dich. Du hast fast zwei Wochen schweigend verbracht, schön und gut, aber jetzt sind Ferien. In ein paar Tagen fängt die Schule wieder an und dann mußt du, wohl oder übel, den Mund aufmachen". Ich setzte eine Miene auf, die ihr signalisieren sollte, daß ich nicht vorhatte, den Mund für mehr als zum Essen zu öffnen. „Ich verstehe dich ja, aber..." Ich wollte gerade einen stummen Einspruch erheben, als sie ihren eigenen Gedanken von selbst verwarf. „Nein, eigentlich verstehe ich dich kein bißchen!" Ihr sonst immer ruhiger Gesichtsausdruck verwandelte sich in eine verzweifelte Grimasse und ihre Stimme überschlug sich fast, als sie zwischen den Zähnen hervorpreßte: „Wieso tust du das? Erkläre es mir, von mir aus schreib es auf, aber ich will eine Antwort. Ist das ein Protest? Was willst du zeigen? Wofür soll das gut sein? Für den Weltfrieden, für mehr Rechte für Jugendliche? Was, verdammt noch einmal, willst du erreichen?" Als ich nur mit den Schultern zuckte, stand sie auf und ging aus meinem Zimmer. Alleingelassen und traurig blieb ich zurück. Das Letzte, was ich wollte, war, meine Familie unglücklich zu machen. Ich hatte sie alle viel zu gerne. Aber sie konnten einfach nicht verstehen, warum ich die Benützung meiner Stimmbänder aufgab. Das Schlimme war, ich konnte es ihnen auch nicht erklären. Nicht weil ich stumm war, sondern weil ich den Grund selber nicht wußte. Ich nahm mir aber fest vor, die Ursache zu finden. So habe ich die nächsten Minuten grübelnd auf meinem Bett gesessen. Plötzlich trat Anna ein und ich mußte mich regelrecht, wie aus dem Tiefschlaf in die

Realität zurückreißen. Sie lächelte, drückte die Tür hinter sich ins Schloß und nahm dann genau an der selben Stelle Platz, von der meine Mutter vor einer halben Stunde geflohen war. „Na, Schwesterherz, was macht das Leben?" Der einzige Unterschied zwischen unserer Mutter und Anna war, daß erstere vollkommen steif auf der Bettkante gesessen hatte, während Anna sich lässig, wie eine griechische Göttin, über meine Schlafstätte ergoß. „Ich habe mit Mama gesprochen und sie war ziemlich fertig." Das erklärte immerhin den Grund ihres Hierseins. „Findest du nicht auch, daß du uns eine Erklärung schuldest?" Oh, bitte, Anna, nicht du auch noch. Aber ihr Grinsen wurde nur noch breiter, als sie meinte: „Weißt du, eigentlich bewundere ich dich ja, ich meine deine Hartnäckigkeit. Ich hätte nicht soviel Durchhaltevermögen. Trotzdem bitte ich dich hiermit freundschaftlich einen Lagebericht abzugeben, schon um unserer alter Herrschaften willen." Das war wieder einmal typisch Anna. Wenn sie wollte, konnte sie sehr direkt sein, aber statt dessen wählte sie lieber den Umweg über die schmeichelhafte Tour. „Ich habe einen Vorschlag." Jetzt war ich ernstlich gespannt. „Du nimmst jetzt einen Block– hoffentlich findest du einen in diesem Chaos– und schreibst deinen Grund, oder deine Gründe, die dich zu diesem Fischdasein zwingen, auf." So kannte ich Anna, praktisch und vernünftig, bis in die Haarspitzen. Nur war das nicht ein Fall von Schreibmaterial finden oder nicht finden, sondern der Anstoß zu einer großräumigen Suchaktion. Geschlagen startete ich diese, obwohl ich wußte, daß alles für die sprichwörtliche Katz' sein würde. Nicht weil meine Chancen so schlecht standen in meinem Sauhaufen etwas Brauchbares zu ergattern, nein, darin hatte ich schon Übung, sondern eher, weil ich noch immer keinen wirklichen Grund wußte, den ich Anna hätte präsentieren können. Trotzdem ging ich nach meinem alterprobten System vor. Ich fing bei dem Berg an, der den Schreibtisch nur noch erahnen ließ. Langsam wühlte ich mich bis zur Schreibfläche durch, wo ich richtig überrascht war, daß diese aus Holz und nicht aus Kunststoff, so wie die Seitenplatten, bestand. Aber einen leeren Zettel, geschweige denn einen Block, brachte meine Maulwurfsarbeit nicht hervor. Seufzend setzte ich mich auf meine Fersen, öffnete die oberste Schreibtischlade und begann das Spiel von neuem. Doch auch hier endete das Ganze, wie schon erwartet, ebenso in der zweiten Lade. Als Anna, die das alles sehr witzig zu finden schien, fragte, ob sie vielleicht morgen wieder kommen solle, hielt ich ihr triumphierend einen, noch fast kompletten Notizblock unter die Nase, den ich soeben aus der dritten und vorletzten Schublade gezogen hatte. „Bravo, aber du wirst wohl kaum mit den Fingernägeln ins Papier ritzen." Verständnislos blickte ich meine große Schwester an. „Du brauchst einen Stift, es sei denn, du möchtest, daß ich dir Fingerfarben besorge." Wütend blitzte ich Anna an. Manchmal war sie wirklich zu altklug. Ich entfaltete meinen Schneidersitz, ging zum Fensterbrett und zog einen

Kugelschreiber aus einer Cola-Dose, die ihren Zweck als Stifthalter seit einem halben Jahr zu meiner vollsten Zufriedenheit erfüllte. „Ach, so schnell geht das?", staunte die griechische Göttin, die nun quer über meinem ganzen Bett lag, als ob sie sich auf eine längere Wartezeit eingestellt hätte. Ich watete durch das Meer von Pullovern und anderen Kleidungsstücken, das meinen Fußboden in Besitz genommen hatte und streckte ihr den Schreiberling wie einen Straßenbahnfahrschein entgegen. Einen Moment stutzte sie, dann setzte sie sich auf, strich sich eine imaginäre Haarsträhne aus das Stirn und hielt mir das Papier vor die Nase. „Du sollst schreiben, nicht ich", flüsterte sie, als wollte sie mir ein ungeheures Geheimnis anvertrauen. Resignierend nahm ich den Block an mich und ließ mich neben ihr nieder. Mit den Augen fragte ich sie ein letztes Mal, was genau ich denn eigentlich schreiben solle. Sie schien meine Gedanken zu fühlen und antwortete: „Das mußt du wissen. Ich kann dir dabei nicht helfen. Aber bitte erzähl mir nicht, du hättest keinen Grund, denn sonst wärst du ja nicht in Sprechstreik gegangen. Ich glaube dir höchstens, daß du nicht weißt, wie du es formulieren sollst." Und nach einer kleinen Pause fügte sie etwas sanfter hinzu: „Komm, Silvie, sei kein Frosch. Schreib schon auf, warum du keine Lust mehr hast zu reden. Vielleicht ist der Grund ganz plausibel." Den letzten Satz hatte sie schon mit deutlich weniger Überzeugung gesagt. Ihre Augen blickten mich vertrauensvoll an, so daß ich nicht anders konnte, als den Kugelschreiber einsatzbereit zu machen und mich angestrengt nachdenkend über das Papier zu beugen. Ich wollte Anna auf keinen Fall enttäuschen, wußte aber im selben Augenblick, daß das außerhalb meiner Grenzen lag. Würde ich einen Grund erfinden, würde ich sie mit einer Lüge, die früher oder später auffliegen würde, hintergehen. Würde ich die Wahrheit schreiben, könnte sie mich sicher nicht verstehen. Ich verstand mich in diesem Punkt ja selbst kaum. Aber ich hatte mittlerweile beschlossen, einen Grund, nein, den Grund zu suchen. Nur, noch hatte ich ihn nicht. Seufzend schrieb ich also: Ich weiß es nicht, auf das oberste Blatt. Dann gab ich den Block an Anna weiter. Ihr vertrauensvolles Lächeln war verschwunden. „Das glaube ich dir nicht“, waren ihre letzten Worte, bevor sie mein Zimmer verließ.

14.August

Vor vier Tagen habe ich mich hingesetzt und die vorherigen Blätter gefüllt. Fast hätte ich mit mir selbst gewettet, daß ich dieses Buch nie wieder anschaue, oder gar etwas darin eintrage. Zum Glück habe ich es nicht getan, denn immer, wenn ich eine Wette gegen mich selbst verliere, zwinge ich mich, den nächsten anfallenden Korb Wäsche zu bügeln. Ich schreibe also auf ein neues meine, wie es Dr. McMoraine nennen würde, „menschlich und medizinisch hochinteressante Geschichte“ weiter.

Nachdem Anna aus meinen geheiligten Privaträumen geflogen war, blieb ich eine Zeit lang völlig verdattert sitzen. Ich hatte mir zwar eingeredet, daß sie mich nicht verstehen werde, war aber trotzdem von ihrer heftigen Reaktion enttäuscht. Ein kleiner Funken, daß sie Verständnis aufbringen würde, hatte sich in mir an einen dünnen Faden Hoffnung gehängt und Anna hatte einfach das Messer genommen und diese Verbindung abgeschnitten. Sie hatte mich, obwohl sie eigentlich nichts dafür konnte, mit dem Gefühl zurückgelassen, der einsamste, unverstandenste und gleichzeitig dümmste Mensch der Welt zu sein. Denn ich fand, daß sie ja alle recht hatten. Ich hatte zu sprechen aufgehört und sie verlangten eine Erklärung. Was war logischer zu verstehen als diese Reaktion? Aber deshalb konnte ich ihnen noch lange meinen Grund nicht erklären. Das einzige, dessen ich mir sicher war, war, daß es ein ganzer Haufen Gründe waren, wenn sie auch für eine andere Person nicht den Impuls zur Verweigerung der Sprache gebracht hätten, so hatten sie es zumindest bei mir bewirkt. Und ich glaube, ich war mit fünfzehn alt genug um zu wissen, daß jeder Mensch anders fühlt und denkt. Für manche Leute mag es an den Haaren herbeigezogen klingen, dennoch war es für mich damals eine Tatsache, der ich mich stellte. Allerdings war ich nach wie vor von dem Beschluß erfaßt, die Ursache zu finden, wenn auch nicht klar definiert. Ich wollte wenigstens das Gefühl haben, alle Möglichkeiten bis in den letzten Winkel ausgeleuchtet zu haben. Der Gefahr bewußt, daß das Ergebnis nicht unbedingt zufriedenstellend sein mußte.

Die nächsten Tage ließen mich alle wieder zufrieden. Diese Zeit verlief fast zu normal. Ich las viel, blieb stundenlang in unserem kleinen Pool und genoß meine Ferien. Doch dann kam der Besuch der Philli-Tant. Die Philli-Tant heißt eigentlich Philomena und ist das älteste erhaltene Relikt aus besseren Zeiten. Es kommt uns jedenfalls immer so vor, bei jedem ihrer, zum Glück nicht sehr zahlreichen, Besuche. Mit ihren Modevorstellungen könnte man sie in ein Biedermeiermuseum sperren und ihre genäselte Ausdrucksweise, in schönstem Schönbrunnerdeutsch, hätte sogar Kaiser Franz Josef beeindruckt. Die Leute auf der Straße bekommen erst Stielaugen und dann Lachanfälle, wenn sie wie eine alte Dampflok auf Nostalgiefahrt durch die Gegend zeppelt. Ja, noch ein markantes Merkmal, Tante Philomena geht nicht, sie setzt eines ihrer zarten Füßchen vor das andere. Das ganze in einem Tempo, das ihrem stolzen Alter von vierundachtzig alle Ehre bereitet. Dementsprechend lachhaft sieht ihr ganzer Gang aus. Oh, nein, ich mache mich nicht über alte Leute lustig. Denn man kann unsere zwar mittelalterliche, aber noch erstaunlich helle Tante beim besten Willen nicht als alt bezeichnen. Das Einzige, was ihr zu schaffen macht, ist ihr Gehör. Sie ist trotz Hörapparat fast taub und jede Unterhaltung wird zwangsläufig zu einem Anbrüllen in fast nicht mehr erträglicher Lautstärke. Noch eins muß gesagt werden:

Die Philli-Tant ist eigentlich die Tante meines Vaters. Und weil er ihr erklärter Lieblingsneffe ist, beehrt sie uns zwei Mal jährlich mit ihrem Besuch. An diesem Tag also kam ich nichts ahnend nach Hause. Ich war mit unserer Katze, Momo, beim Tierarzt gewesen, der mir die freudige Nachricht mitteilte, daß Momos Jungen wie geplant in fünf Wochen kommen würden. Ich hatte also den Kopf voller Gedanken, die rund um die Katze kreisten, und ich war um so mehr geschockt, als ich auf einmal den nicht erwarteten Besuch auf Momos Lieblingsplatz, einem Schaukelstuhl, thronen sah. Alle Anwesenden waren ebenfalls überrascht, aber aus verschiedenen Gründen. Meine Eltern, weil sie mich erst später erwartet hatten, meine Schwester, weil ich ihren Pullover anhatte, mein Bruder, weil ich den Katzenkäfig zwar neben mir abgestellt hatte, aber keine Anstalten machte ihn zu öffnen und Tante Philomena, weil ich offene Haare trug. Denn es war ein ungeschriebenes Gesetz in unserem Haushalt, daß, wenn die Philli-Tant auf Besuch kommt, die beiden Herren ein Sakko und die Damen einen Rock oder ein Kleid tragen mußten, beziehungsweise eine standesgemäße Frisur zu haben hatten. So lächerlich das klingt, aber andernfalls hätte Tante Philomenas Hand zitternd nach ihrem mit Lavendel getränkten Spitzentuch gegriffen und zart: „Mir schwinden die Sinne", gehaucht. Und jetzt waren ihre Finger dem allseits bekannten Taschentuch schon gefährlich nahe. „Silvie, geh dich schnell umziehen. Zum Begrüßen hast du später noch genug Zeit", zischte meine Mutter geistesgegenwärtig zwischen den Zähnen hervor. Anna sprang von ihrem Sessel, um mir bei der Wahl für ein passendes Kleid zu helfen. Unsanft packte sie mich am Arm und zerrte mich die Stiegen hinauf. Ich bekam gerade noch mit, wie mein kleiner Bruder, Jakob, die Katze befreite und mein Vater seine Tante fragte, ob sie etwas essen wolle. Das war zweifellos ein Ablenkungsmanöver, denn die große Philomena hatte sich noch nie dazu herabgelassen, mit uns gewöhnlichem Volk zu speisen. Noch immer verwirrt stand ich, wie eine Steinsäule in meinem Zimmer und ließ Annas Prozeduren über mich ergehen. Sie steckte mich in ein braun gemustertes Wollkleid, das eigentlich viel zu warm für ein Wochenende im August war, und band meine Haare zu einem straffen Zopf zusammen. Ich ertrug alles völlig willenlos, da ich nur neugierig auf den weiteren Verlauf dieses Theaters war. Meine Vorahnungen waren nicht gerade das, was man positiv nennt. Wenn ich gewußt hätte, wie recht ich damit haben sollte... Nachdem Anna mich zu ihrer vollsten Zufriedenheit verkleidet hatte, kehrten wir ohne Umschweife ins Wohnzimmer zurück. Dort hatte sich an dem Bild, welches sich mir vor ein paar Minuten geboten hatte, nicht viel geändert. Tante Philomena bildete den eindeutigen Mittelpunkt, meinen Vater zu ihrer Rechten, meine Mutter mit Jakob auf dem Schoß zu ihrer Linken. Auf einmal erschien mir die ganze Szenerie lächerlich. Meine Eltern waren beide herausgeputzt, als ob sie in fünf Minuten auf dem

Opernball erscheinen müßten und das alles für eine alte Tante, die sowieso niemand leiden konnte. Da überfiel mich ein leichter Schüttelfrost und ein Gedanke schoß durch meinen Kopf. Für einen Augenblick bildete ich mir ein, den ersten Grund für mein Schweigen gefunden zu haben, doch bevor ich diesen Geistesblitz genauer untersuchen konnte, wurde ich durch eine laute Stimme unterbrochen. „Ja, Kindchen, komm und laß dich in Augenschein nehmen", schrie die taube Verwandtschaft und winkte mich hoheitsvoll heran. Zögernd ging ich auf sie zu. Ich hatte das Gefühl, von allen angestarrt zu werden. Den Blick stur geradeaus gerichtet, durchquerte ich unser Wohnzimmer, um mich dem obligatorischen Begrüßungsritual zu unterwerfen. „An Größe dürftest du seit unserer letzten Begegnung nicht zugelegt haben", zwitscherte Philomena, während mich ihre habichtartigen Augen von Kopf bis Fuß einer Kontrolle unterzogen. Sie schien ganz zufrieden zu sein mit dem was sie sah, denn sie hatte weiter nichts zu beanstanden. Aber als sie den Mund langsam öffnete, wußte ich, daß jetzt der schwierige Teil beginnen würde. Ich hatte bis zu diesem Moment nur eine stumme Rolle gehabt, doch brüllte mir Tante Philomena: „Sag, wie geht es dir? Bist du immer hübsch fleißig?", entgegen. Diese Fragen waren keine Entscheidungsfragen, die mit einem Kopfnicken hätten abgetan werden können. Das waren eindeutige Begründungsfragen, die eine Antwort verlangten. Unbeholfen blickte ich zu meinen Eltern, doch mein Vater ignorierte mich und meine Mutter wich meinem Blick schnell aus. Ich bemühte mich die Situation zu retten, indem ich die Tante schüchtern anlächelte, in der Hoffnung, sie würde mich für ein hilfloses, kleines Mädchen halten. Aber die Runzeln auf ihrer Stirn drückten kein Verständnis, sondern nur Mißbilligung aus. Ich hatte es gewagt, ihr eine Antwort zu verweigern, wobei die Frage völlig nebensächlich war. Tatsache war, daß mein Verhalten auf eine eigentümliche Art ihren Zorn zu wecken schien. Man konnte dabei richtig zusehen. Die Falten in ihrem Gesicht wurden noch tiefer, ihre ohnehin dünnen Lippen wurden zu einem schmalen Strich, ihre Augenfarbe wechselte in ein Dunkelgrün und ihre immer gerade Haltung wurde noch ein bißchen aufrechter. Dann, von einer Sekunde auf die andere, war der Spuk vorbei und die respektable, aber gutmütige Person saß wieder in unserem Ledersessel. Sie schien es sich noch einmal überlegt zu haben und probierte einen zweiten Anlauf. Das allein war ungewöhnlich genug, aber dann tat sie es auch noch in einer Lautstärke, die jeder normale Mensch als angemessenen Gesprächston empfunden hätte, wovon sie selber jedoch mit hundertprozentiger Wahrscheinlichkeit kein Wort verstand. „Also, wie geht es dir?" Obwohl sie die Lautstärke zurückgenommen hatte, blieb ein befehlender Unterton in ihrer Stimme. Jetzt war ich drauf und dran aus dem Zimmer zu rennen. Tante Philomenas Geduldsfaden näherte sich dem Ende und niemand aus meiner Familie schien mir helfen zu wollen. Mir fiel die Geschichte von Orpheus in der

Unterwelt ein, wo der Grieche seine Prüfung nur bestehen sollte, wenn er kein Wort spräche. „Na gut", dachte ich bei mir. „Wenn das eine Prüfung sein soll, dann habe ich vor, sie zu bestehen." Ich wollte gerade nach einem Blatt Papier greifen, um meine Antwort schriftlich abzugeben, als mein Vater das Schweigen brach. „Sie spricht nicht", murmelte er. Seine Tante warf ihm einen vorwurfsvollen Blick zu. Sie hatte wohl gesehen, daß der Mund ihres Neffen auf und zu geklappt war, doch hatte sie ihn nicht hören können. „Sprich lauter, Robert", befahl sie mit ihrem alten Stimmvolumen. Meinem Vater wurde das alles zu viel. Er hatte sich als einziger– abgesehen von Jakob, von dem das auch niemand erwartete– zu der Stimmlosigkeit seiner Tochter noch nicht geäußert. Einverstanden war er sicherlich nicht damit und ein Gewitter war längst überfällig. Die Wolken dieses fiktiven Gewitters zogen in Form seiner Augenbrauen auf, die sich zu einem dunklen Balken zusammenzogen. Die Blitze schossen aus seinen Augen und dann kam der Donner: „Sie spricht nicht mehr", brüllte er so laut, daß wir wie von einem Schlag getroffen zusammenzuckten und selbst die taube Philomena erstaunt aufblickte. „Schrei doch nicht so, Robert. Du benimmst dich ja wie ein Irrer. Und was soll das heißen, sie spricht nicht mehr?", erkundigte sich die Philli-Tant nur um Nuancen leiser. Meine Mutter schob Jakob sanft von ihrem Schoß und flüsterte ihm etwas ins Ohr, woraufhin der Knirps in seinem Zimmer verschwand. Verkrampft lehnte sich meine Mutter zurück. Man sah ihr an, daß ihr die ganze Sache äußerst peinlich war. Aber sie wußte auch, daß sie ihren Mann nicht bremsen konnte, wenn er einmal in Rage geraten war und so hielt sie den Mund. Statt dessen fuhr sie sich mit den Händen über die Augen, als wollte sie sich dahinter verstecken. „Na, sag der lieben Tante schon, warum du nicht sprichst. Sag es ihr!", kreischte die Gestalt, die nur noch entfernt an meinen Vater erinnerte, nun los. Seine Hände hatten sich in die Armlehnen seines Sessels verkrallt und die Adern an seinem Hals waren angeschwollen. Ein Biologe hätte seine helle Freude am diesem Bild, das den Aderverlauf genauestens verfolgen ließ, gehabt. Doch wir waren alle geschockt. So wütend war er schon lange nicht mehr gewesen. Eigentlich war er noch nie so wütend gewesen. Anna begann unruhig auf der Couch hin und her zu wetzen. Ich wußte, daß sie jeder Streiterei aus dem Weg ging. Deshalb blieb es mir auch ein ewiges Rätsel, warum ein so friedliebender Mensch Jus studierte, da Anwälte meiner Meinung nach den ganzen Tag mit irgendwelchen Streitigkeiten zu tun hatten. Ich, um die sich eigentlich alles drehte, wich keinen Zentimeter von meinem Standort. Aber selbst wenn ich gewollt hätte, ich hätte mich nicht bewegen können, so gelähmt fühlten sich meine Muskeln an. Hinzu kam, daß ich gegen meinen Vater ein „Duell der Blicke" ausführte. Wir starrten uns gegenseitig in die Augen, jeder fest dazu entschlossen, nicht als erster wegzuschauen und somit klein beizugeben. Es gab nichts mehr um mich, kein

Zimmer, keine Leute, nur noch seine Augen. Zwei fixierte Objekte im Raum, die immer größer zu werden schienen. Ich hatte die Pupillen im Visier, zwei schwarze Flecken, zwei tiefe, dunkle Brunnen. Gerade als ich dachte, daß ich rettungslos in diesen zwei Löchern versinken würde, schaute er weg. Ich hatte gewonnen und gleichzeitig verloren, denn in diesem Abwenden lag so viel Verachtung, Hilflosigkeit und Schmerz. Tränen, die ich bis jetzt krampfhaft hinuntergeschluckt hatte, füllten nun meine Augen und begannen, wie heiße Lavaströme, meine Wangen hinunter zu fließen. Gleichzeitig lösten sie meine Verkrampfung und endlich war ich fähig das zu tun, was ich schon vor fünf Minuten vorgehabt hatte. Ich griff nach einem Zettel, der wie bestellt auf dem Eßtisch lag, wischte mit dem Handrücken ein paar Tränen fort, angelte mir noch einen Bleistift und schrieb, daß es mir gut gehe auf das Papier. Dann gab ich es Tante Philomena. Die nahm es, als ob es aus Glas wäre, las es langsam, senkte den Zettel wieder und nickte ebenso würdig mit dem Kopf wie eine Königin, der man den Krieg erklärt hatte. Mein Vater hatte unbeweglich daneben gesessen. Jetzt stand er auf und flüsterte: „Warum?" Obwohl die Philli-Tant ihn sicher nicht gehört hatte, war sie doch so feinfühlig, nicht in ein Gemecker zu verfallen, das eine Erklärung verlangte. Ich sah meinen Vater an, einen Mann, dessen Tochter plötzlich ihre Zunge verschluckt hatte, und wäre ihm am liebsten um den Hals gefallen. Statt dessen zog ich der völlig perplexen Tante den Zettel aus der Hand und schrieb mit dem Stift, den ich nicht weggelegt hatte, darauf: Du wirst es verstehen. Dann überreichte ich ihm das Blatt fast feierlich. Ich hatte immer schon einen Hang zur Dramatik gehabt, der in dieser Geste wieder deutlich zum Vorschein kam. Während er das Geschriebene las, blieb sein Gesicht unverändert. Und als er mich anblickte, hatte es immer noch diesen verzweifelt schmerzlichen Ausdruck, der mir wieder einen Frosch in den Hals setzte. „Also gut", sagte er schließlich leise und fast stimmlos. Aber es lag nichts Zorniges mehr darin, sondern nur Resignation. Er hatte aufgegeben. Ich wollte ihn nicht besiegen, ich wollte ihn für mich gewinnen. In diesem Moment wußte ich allerdings noch nicht, ob mir das gelungen war. Ich war der Dompteur und er der Tiger. Doch ich hatte ihn in einen Käfig gezwungen, er blieb ein Wildtier. Ich konnte nur hoffen, daß er sich mit der Zeit an mich gewöhnen würde. Dann würde der Käfig wie von Geisterhand verschwinden. Meine Mutter und Anna hatten ebenfalls verstanden. Sie würden mich alle ohne weitere Fragen so nehmen, wie ich war.

20.August

Ich glaube, langsam wird es zur Gewohnheit in dieses Buch zu schreiben. So sehr ich am Anfang beim Schreiben an Dr. McMoraine gedacht habe, da er mich auf die Idee brachte, um so mehr Freude macht es mir jetzt, wirklich nur für mich zu schreiben. Ich möchte ihn das Ganze auf keinen Fall lesen lassen. Seitdem ich einmal wöchentlich in seine Praxis muß, hat er sowieso jedes nur erdenkliche Detail meines Lebens mitbekommen und die Zeit davor geht ihn nichts an. Was er davon wissen mußte, hat ihm meine Mutter berichtet, aber meine Gedanken konnte sie ihm natürlich nicht veranschaulichen. So, genug jetzt. Ich bin mit meiner Erzählung immer noch auf Rückblenden beschränkt und möchte auch irgendwann in die Gegenwart kommen.

Zwei Tage nach Tante Philomenas Besuch begann die Schule wieder. Ich freue mich jedes Mal auf den ersten Schultag nach den Ferien. Man trifft alle Leute wieder, braungebrannt und fröhlich, erzählt sich gegenseitig die tollsten Urlaubsgeschichten. Die Lehrer, selber noch mit den Gedanken am Strand oder sonstwo, freuen sich ihre Schützlinge wiederzusehen und fassen noch schnell die letzten guten Vorsätze für das kommende Jahr. Diesen Schulanfang war meine Vorfreude etwas gedämpft. Ich hatte die ganzen Ferien nichts von meinen Klassenkollegen gehört und auch umgekehrt nicht, woraus folgt, daß sie von meinem kleinen Entschluß noch nichts mitbekommen hatten. Ich stand also in der Früh nicht ganz so gut gelaunt auf. Nachdem ich mich für eine kurze Hose entschieden hatte, ging ich auf Suche nach meinem Lieblings T-Shirt. Es war schwarz, mit rot weißem Aufdruck, und außerdem war es nirgendwo zu finden. Habe ich schon erwähnt, daß mein

Zimmer aussieht, wie die Karikatur eines unordentlichen Zimmers aus einem schlechten amerikanischen Film? Doch normalerweise ist dieses T-Shirt das, was ich am ehesten darin entdecke. An diesem Tag jedoch schien es sich aufgelöst zu haben. Ich kam mir vor, wie eine Mischung aus James Bond und Indiana Jones auf der Suche nach einem versunkenen Schatz. Nach einer Viertelstunde erfolglosen Suchens gab ich auf, streifte eine rotkarierte Bluse über und sauste zum Frühstück, für das ich noch volle vier Minuten Zeit hatte. Da ich nie ein Mensch war, der viel Wert auf die erste Mahlzeit des Tages legte, schaffte ich es auch tatsächlich in dieser Zeit, ein Butterbrot hinunterzuschlingen und Tee nachzugießen. Normalerweise hätte mir das einen schweren Verweis vom Familienvorstand eingebracht, aber einmal abgesehen davon, daß heute der erste Schultag war, wäre die Zeit für ein gemütliches Frühstück ohnedies zu kurz gewesen, und so überließen mich meine Eltern meiner Hektik und dem Schicksal. Nur Anna schien Mitleid mit mir zu haben. Sie übernahm das Versorgen des Frühstücksgeschirrs, was eigentlich meine Aufgabe gewesen wäre. Dankbar warf ich ihr einen schwesterlichen Blick zu und sie herrschte mich mit gespielter Empörung an: „Schau, daß du ins Bad kommst." Wie ein geölter Blitz folgte ich ihrer Anweisung und stellte mich auf eine erfrischende Morgentoilette ein. Falsch gedacht, denn als ich beim Badezimmer angelangt war, mußte ich feststellen, daß mein allerliebstes Bruderherz die Tür verschlossen hatte, nur um in Ruhe zähneputzen zu können. Ich führte vor der Tür eine Art Kriegstanz auf, bis der Schlingel schließlich den Kopf herausstreckte und mit zahnpastaverschmiertem Mund fragte, was denn los sei. An ihm vorbei stürmte ich auf das Waschbecken zu, wo ich den Weltrekord im Frischmachen aufstellte. Das Ganze war genau genommen ein Triathlon, der aus den Disziplinen Zähneputzen, Gesicht waschen und Frisieren bestand. Wie durch ein Wunder stand ich Punkt halb acht im Vorzimmer und zog mir die Schuhe an. Meine Mutter erteilte allen noch die letzten Instruktionen: „Anna, du führst bitte die Silvie. Ich nehme den Jakob mit und der Papa fährt dann später. Um halb eins treffen wir uns dann alle beim „Eis Willi". Also viel Glück." Mit diesen Worten öffnete sie die Eingangstür, schob Jakob hinaus und sich hinterher. Die zwei eilten zu dem Wagen meiner Mutter, Anna und ich ließen uns in unseren alten VW-Golf fallen. Sie startete und bis zur ersten Kreuzung fuhren wir schweigend dahin. Dann brach sie die Stille: „Sag einmal, du hast in den Ferien nichts von der Nina gehört, oder?" Ich schüttelte den Kopf. Nina war meine beste Freundin, aber die Ferien über der treuloseste Mensch, den man sich nur vorstellen konnte. Keine Postkarte, kein Anruf, nichts, was auf ein Lebenszeichen von ihr hingedeutet hätte. „Also weiß sie noch nichts von, von...", ihr fiel kein passender Vergleich ein. Ich schüttelte wieder den Kopf. „Wie willst du es ihr sagen? Ich meine natürlich nicht sagen, ich meine erklären." Ich zuckte mit den

Schultern. Darüber hatte ich mir die ganze Nacht Gedanken gemacht. Mir war nur die gleiche Lösung wie für das Tante Philli Problem eingefallen: ein Zettel und ein Bleistift. „Weißt du", begann Anna von neuem, während sie den Wagen konzentriert durch den Morgenverkehr lenkte, „ich habe mir überlegt, daß es vielleicht gescheit wäre, wenn du immer einen Block und etwas zum Schreiben bei dir hättest." Langsam machte ich meinen kleinen Rucksack auf, den ich ständig, mit irgendwelchen Lappalien gefüllt, mit mir herumtrug. Anna mußte plötzlich hart bremsen. Als sie es aufgab, den selbstmörderischen Fußgänger zu verfluchen, der zwischen zwei parkenden Autos heraus auf die Straße gehüpft war, hielt ich ihr einen niegel-nagel-neuen Block und einen Stift unter die Nase, die ich soeben aus meinem kleinen Freund und Helfer gezaubert hatte. „Bist doch meine Schwester", grinste Anna. „Aber pack dein Zeug jetzt bitte wieder von der Windschutzscheibe weg, sonst überfahre ich wirklich noch jemanden." Der Rest der Fahrt verlief in einer fast fröhlichen Stimmung, obwohl keiner von uns beiden ein Wort sagte. Es war einfach so. Vor der Schule blieb Anna mit quietschenden Bremsen stehen und versicherte mir noch, sie würde mich auch wieder abholen und mit mir gemeinsam zum „Eis Willi" fahren. Der „Eis Willi" war der größte und beste Eissalon in der ganzen Umgebung. Bei uns hatte es sich so eingebürgert, daß wir uns am ersten Schultag alle beim „Eis Willi" zum Mittagessen trafen. Ursprünglich wollten uns unsere

Eltern nur beim allerersten Schultag in der ersten Klasse dieses Mittagessen spendieren, aber dann wurde eine Art Tradition daraus. Ich öffnete also die Beifahrertür, stieg aus und machte mich an die letzten fünfzig Meter Weg. Das Gymnasium ist ein scheußlicher Klotz, eine grauenhafte Erfindung der vergangenen Moderne. Das so etwas schon aus rein psychologischen Gründen ein wenig freundlicher aussehen sollte, daran hat noch keiner gedacht. Dieses Haus dient einzig und allein dem Heranbilden von zukünftigen Doktoren. Die Schule gilt als allgemein sehr streng. Als Angehöriger ist das etwas schwer zu beurteilen. Ich, für meinen Teil, habe mich bis jetzt durch alle Klassen durchgekämpft und hoffe in einem Jahr die Matura machen zu können. An diesem Tag also, kam ich wie immer zu spät. Man könnte meinen, es sei am ersten Schultag fast unmöglich zu spät zu kommen, da alles noch drunter und drüber geht. Nur ist mein Klassenvorstand einer von der Sorte, die durch Überpünktlichkeit auffallen. Er kommt auf die Sekunde genau zum Läuten in seine Stunden. Und natürlich darf da der Schulbeginn keine Ausnahme darstellen. Ich sprintete durch die Gänge, die, noch voll von Schülern anderer Klassen, die mit einem gemütlicheren Klassenvorstand gesegnet waren, nicht gerade die ideale Laufstrecke bildeten. Da war es auch schon passiert. Irgendein Idiot hatte seinen Mopedhelm mitten auf den Boden gelegt und ich segelte die letzten Meter meiner Klasse entgegen. Dort knallte der Professor Seifert gerade die Tür ins Schloß. Ich ignorierte das Gelächter hinter mir und riß die Tür mit gekonntem Schwung wieder auf. In der Klasse herrschte noch das Chaos und so fiel dem Seifert mein Zuspätkommen nicht auf. Es herrschten heftige Diskussionen von wegen Sitzplatzverteilung. Niemand wollte in der ersten Reihe, Auge in Auge mit der Lehrkraft, sitzen. Ich steuerte zielstrebig auf Nina zu, die einen Platz in der letzten Reihe ergattert hatte und den Sessel neben sich offensichtlich für mich auserkoren hatte. „Silvie, schön dich zu sehen. Wie geht's, wie steht's? Stell dir vor, der Mickey wollte uns die Plätze wegschnappen." Nina fiel mir um den Hals. Zum Glück schaffte es der Seifert, Ruhe in den Sauhaufen zu bringen, ehe meine Antwort fällig war. Wir ließen uns alle brav hinter den Tischen nieder und gaben uns den alljährlichen Monolog unseres Klassenvorstandes, bei dem er jedesmal nur das vierte Wort auf die jeweilige Klasse abstimmte. Diese Jahr begann die Rede mit: „Willkommen in der Sechsten..." Obwohl wir diese Platte schon kannten, lauschte die ganze Klasse aufmerksam. Beim Seifert hätte sich niemand getraut auch nur „piep" zu sagen. Seine obersten Gesetze waren Pünktlichkeit und Ruhe. Wer das nicht einhielt, mußte schon ein Selbstmörder sein. Sonst konnte man in seinen Stunden essen und trinken, Briefe schreiben und Schifferlversenken spielen, solange man es nur leise tat. Im Grunde genommen war ich dem Seifert noch nie so dankbar, wie in diesem Augenblick, für diese Pedanterie. So hatte ich einen Grund zum Schweigen. Aber alles geht einmal zu Ende und so schloß der Professor: „„...ich hoffe auf gute Zusammenarbeit", mit seinen üblichen Schlußworten. Es klingelte und sofort fiel Nina wieder über mich her. „Also ich sag dir, dem Seifert ist auch nicht mehr zu helfen. Aber das macht das Alter. Wie war es eigentlich in Irland? In Korsika war es phantastisch. Vielleicht wandere ich einmal dahin aus? Was meinst du?" Das war die erste nicht nur rhetorisch gestellte Frage und Nina blickte mich erwartungsvoll an. Das Problem war, daß wir mittlerweile die Klasse verlassen hatten und mitten auf der Stiege ins Erdgeschoß standen. Umringt von einem zähflüssigen Teig von Menschen schätzte ich meine Chance den Block aus der Tasche zu holen und eine schriftliche Erklärung abzugeben auf eins zu tausend. Also zerrte ich die verdutzte Nina kurzerhand nach unten vor die Schule, wo ich meinen Rucksack öffnete. „Was wird das denn?", fragte sie, mehr erstaunt als verärgert. Ich kritzelte halbwegs leserlich: Ich spreche nicht mehr, auf das Papier und hielt es ihr hin. Sie runzelte die Stirn. „Was soll das werden, ein später Aprilscherz? Bist du sauer oder erkältet?" Gerade als ich gezwungenermaßen zu einem längeren Brief ansetzte, erschien Anna. Anna, mein Engel in der Not, meine Rettung war gekommen, um mich, wie versprochen, zum „Eis Willi" zu fahren. Anna und Nina hatten sich schon immer gemocht und respektiert. Oft ist es ja so, daß die Geschwister die Freunde des anderen nicht leiden können. Zum Glück war das bei den zweien kein Problem. Manchmal verstanden sie sich sogar so gut, daß ich eifersüchtig dazwischen fuhr. Aber in dieser Sekunde war ich heilfroh über ihre gute Beziehung. Nina bemerkte meinen hilfesuchenden Blick in Richtung Anna. Diese schlenderte lässig, die Hände in den hinteren Hosentaschen vergraben, auf uns zu. Noch bevor sie Zeit hatte uns zu begrüßen, sprudelte Nina los: „Sie sagt, sie spricht nicht mehr." Anna war etwas überrascht von dieser Begrüßung. Sie nahm die Hände aus den Taschen und fuhr sich durch die Haare. Einige Achtklässler drehten sich im Vorbeigehen bewundernd nach ihr um. „Hallo, Nina. Danke, mir geht es gut und dir?" Aber Nina ging gar nicht auf Annas Begrüßung ein. Hartnäckig wiederholte sie: „Sie sagt, sie spricht nicht mehr. Spricht sie nur mit mir nicht mehr, oder was?" Anna war offenbar in bester Stimmung und nicht für ernste Gespräche aufgelegt. Grinsend meinte sie: „Also, ich, als zukünftige Anwältin, analysiere. Du behauptest, daß sie gesagt habe, daß sie nicht mehr sprechen würde. Aber erkläre mir doch bitte, wie sie das gesagt hat, wenn sie doch nicht mehr spricht. Einspruch abgelehnt. Der Fall wird ad acta gelegt." In Ninas Gesicht zeichneten sich deutlich die für sie typischen Anzeichen eines Wutanfalles ab. Ihre Lippen spitzten sich zu, auf ihrer Stirn erschienen tiefe Falten, ihre Augen wurden zu schmalen Schlitzen. Das war Warnung genug für Anna. Sie zog Nina beiseite und sprach fast eine Viertelstunde lang mit ihr. Was die beiden genau beredet haben, werde ich nie erfahren. Aber das ist auch nicht so wichtig. Wichtig ist nur, daß

Nina mich von dem Augenblick an unterstützt hat. Sie hat mir immer geholfen und mich gegen andere verteidigt. Dafür werde ich ihr ewig dankbar sein. Sie war die einzige, die mich nie mit einem „warum" gelöchert hat. Sie hat die gegebenen Tatsachen einfach akzeptiert, obwohl es sicherlich nicht einfach war für sie.

Nachdem die beiden ihre kleine Unterredung beendet hatten, kamen sie wieder zu mir zurück. Ich hatte in der Zwischenzeit mit den Schuhspitzen Kreise in den Kies gezogen. Anna meinte, jetzt müsse ich barfuß in den Eissalon gehen, da so staubige Schuhe bestimmt den Hygienevorschriften widersprächen. Aber ihre Fröhlichkeit wirkte aufgesetzt und nicht mehr so locker, wie vorhin. Sie bot Nina noch an, sie zu Hause abzusetzen, diese wollte jedoch lieber zu Fuß gehen. Ich dachte schon, jetzt wäre sie sauer auf mich, weil ich mich zum Stummsein entschlossen hatte. Ihre Verabschiedung von mir war aber so herzlich und natürlich wie immer. Ich spürte, daß, selbst wenn sie eine Zehntelsekunde wütend gewesen war, sie mir verziehen hatte und von nun an versuchen würde, mich zu verstehen. Der Rest des Tages verlief bestens, wenn man von der kleinen Schwierigkeit absieht, die ich beim Eisbestellen hatte. Anna las alle Sorten laut vor und bei jeder, die ich wollte, schnippte ich mit den Fingern. Etwas umständlich, aber sehr wirkungsvoll.

27.August

Gestern war ich wieder bei McMoraine. Es war seltsam. Er hat mich gefragt, ob ich schon etwas in das Tagebuch, das er mir gleich in unserer zweiten Sitzung geschenkt hatte, geschrieben hätte. Ich habe heftig den Kopf geschüttelt, vielleicht zu heftig. Angesehen hat er mich jedenfalls, als wüßte er, daß ich lüge. Das ganze Jahr über, das wir uns schon kennen, hat er mich nie nach diesem Buch gefragt. Und jetzt plötzlich, wo ich wirklich hineinschreibe, fällt es ihm wieder ein. Ich bin unruhig auf meinem Sessel hin und her gerutscht und habe gehofft, er würde das Thema wechseln. Er tat mir den kleinen Gefallen, blieb aber auf meiner Gedankenspur. Anstatt mich, wie sonst, zu fragen, wie es mir denn in der Schule gehe, plapperte er munter drauf los. Von wegen, daß wir uns jetzt fast ein Jahr regelmäßig treffen würden und so. Ich lehnte mich in der bequemen Sitzgelegenheit zurück und hörte zu. Diesen Sessel habe ich in den vergangenen Monaten lieben gelernt. Es ist ein alter, abgesessener Ohrensessel, so wie er in Sherlock Holmes Filmen vorkommt, mit dem Unterschied, daß er dort vor dem Kamin steht. Hier hingegen scheint er völlig fehl am Platz. Die Einrichtung in McMoraines Praxis ist schlicht und modern. Nur dieses gewaltige Polstermöbel thront mitten darin. Jedesmal wenn ich mich darauf niederlasse, ist mir, als könnte ich darin verschwinden. Wir passen irgendwie zusammen, der Sessel und ich. Er lebt in der falschen Zeit, ein Überbleibsel aus der Vergangenheit. Ich habe freiwillig die Sprache, das üblicherweise wichtigste Verständigungsmittel des Menschen, aufgegeben. Wir sind beide etwas Besonderes, ohne darauf eingebildet zu sein.

Das mit McMoraine hat, um genau zu sein, zwei Wochen nach Schulbeginn letzten Jahres angefangen. Da ich mich ja bis auf weiteres weigerte zu sprechen, waren meine Eltern gezwungen, meine Lehrer davon in Kenntnis zu setzen und sie um Verständnis zu bitten. So pilgerten sie gleich am zweiten Schultag zum Direktor. Dort wurden sie ziemlich schnell abgefertigt. Er schickte sie kurzerhand zu meinen Lehrern. Besonders meine Mutter war im nachhinein sehr aufgebracht über diese Behandlung. Als sie uns alles erzählten, saßen wir im Wohnzimmer, meine Mutter auf ihrem Lieblingsplatz, auf der Couch. Die steht jedoch nicht weit von einem kleinen Tischchen entfernt, das schon seit ewigen Zeiten eine Kristallvase ziert. Diese war ein Hochzeitsgeschenk von Tante Philomena und das scheußlichste Kunstwerk, das je geschaffen wurde. An und für sich sind kristallene Sachen etwas Schönes, aber es gibt immer Ausnahmen. Wie mein weiblicher Elternteil also sich mehr und mehr in Rage redete, holte sie kräftig aus und fegte die Vase vom Tisch. Jetzt, so meinte sie, hätte der herablassende Direktor doch noch Gutes getan und sie könne die Scheußlichkeit endlich wegwerfen. Der Rest des Berichts ging weniger spektakulär weiter, bis auf die Aussage von Frau Professor Sandner. Die Lehrer wollten mich alle, wie sie meinen Eltern erklärten, mit

Freude weiter unterrichten. Alle hatten sie gute Ideen parat, ich könnte statt zu reden meine Mitarbeit immer aufschreiben und solche Dinge. Ein paar wenige erkundigten sich besorgt, ob es vielleicht Familienstreit gegeben hätte oder ob ich an einem Schock leide. Ja, bis auf die Sandner verhielten sich alle vorbildlich. Aber es gibt immer ein schwarzes Schaf, oder? Diesem Schaf hätte ich am Anfang den Hals umdrehen können. Sie meinte, sie würde sich weigern mich zu unterrichten. Ihr Fach sei eines der wichtigsten (behauptet das nicht jeder Lehrer?) und noch dazu eine lebende Fremdsprache. Als meine Eltern ihr vorsichtig erklärten, daß sich mein Französisch- und Spanischlehrer ebenfalls dieser Hürde stellen würde, antwortete sie, daß es sein Problem wäre, wie er eine Sprache unterrichte. Sie für ihren Teil könne unmöglich die gesprochene Sprache derart vernachlässigen. Bei jedem anderen Lehrer hätte das als eine vielleicht nicht ganz stichhaltige, aber annehmbare Ausrede durchgehen können. Doch bei Frau Professor Sandner konnte man über diese Aussage nur schmunzeln. Es war allgemein bekannt, daß sie bei Sprachexkursionen die größten Probleme hatte. Sie war jedesmal aufs neue verärgert. Diese frechen Engländer bemühten sich nicht, ihr fließendes Englisch, vermischt mit einem beschämenden Wiener Akzent, zu verstehen. Für sie war es immer wieder empörend und für die Schüler ein Riesenspaß. Gerade diese Person also echauffierte sich über gesprochene Sprache und ihre Wichtigkeit. Ich glaube, wenn Tante Philomenas Vase zu dem Zeitpunkt noch gelebt hätte, dann wäre sie spätestens jetzt geflogen, so gestenreich ahmte meine Mutter die Sandner nach. Aber dann war sie plötzlich wieder ernst. „Das Englischgenie hat allerdings noch etwas gesagt, das schon mehrere Leute vorgeschlagen haben", sagte sie ruhig und sah mich dabei abwartend an. Ich war jedoch so gut aufgelegt durch die vorangegangenen Erzählungen, daß ich den Stimmungsumbruch meiner Eltern nicht bemerkte. Erst als mein Vater weiter sprach... „Silvie, einige Leute haben gemeint, wir sollten dich zu einem Psychotherapeuten schicken. Du weißt, wir versuchen dich zu verstehen, aber das ist verdammt schwer. Vielleicht wäre es wirklich das Beste." Meine gute Laune war mit einem Schlag verflogen. Zu einem Seelenklempner wollten sie mich bringen. Womöglich gleich ins Irrenhaus. „Schau nicht so böse", hob meine Mutter wieder an. „Schlecht ist es sicher nicht und...", hilflos blickte sie meinen Vater an. Ich konnte direkt sehen, was sich in deren Köpfen abspielte. Wie in Zeitlupe glitt ich lautlos in Richtung Block und kritzelte wütend darauf: Ihr glaubt doch nicht etwa, daß ich nur wegen irgend so einem Heini wieder spreche. Dann knallte ich den Zettel auf den Couchtisch und verschwand in meinem Zimmer. Dort legte ich meine Lieblings-CD ein und warf mich auf das Bett. Vorerst blieb ich so liegen, massierte meine Schläfen und versuchte nachzudenken. Meine eigenen Eltern wollten mich einer psychiatrischen Behandlung unterziehen lassen, obwohl sie behauptet hatten, mir zu vertrauen. Das widersprach sich irgendwie. Plötzlich, mitten in all dem Selbstmittleid und Grübeln, war er da. Der Gedanke, der mir schon damals beim Besuch von der Philli-Tant durch den Kopf geschossen war. Auf meiner Suche nach Gründen, warum ich nicht mehr reden wollte, der erste Grund, ich schaltete den CD-Spieler aus und versuchte mich nur noch auf diesen Geistesblitz zu konzentrieren. Der Grund schien mir fast lächerlich. Im Grunde genommen, war es so etwas Ähnliches, wie Anna anfangs gesagt hatte. Eine Art Ablehnung gegen das Erwachsenwerden. Nein, nicht ganz, eher eine Abneigung gegen die ganze Gesellschaft. Das fing bei der Philli-Tant an und ging bis zum Bundespräsidenten. Ich wollte nicht so werden wie alle anderen auch. Natürlich sagt man immer, jeder Mensch ist einzigartig. Aber ich hatte das Gefühl, daß ich in dieser Welt genauso wurde, wie all die anderen auch. Es war nicht meine Welt, es war ihre und die wollten mich zu einem Teil davon machen. Dagegen wehrte ich mich. Vielleicht verweigerte ich ihr wichtigstes Verständigungsmittel um einfach anders zu sein, um vollkommen aus der Reihe zu fallen. Klar hatte ich meine Eltern und Geschwister gerne, aber ich hatte immer das Gefühl, ich müßte ihnen zeigen, daß ich sie zwar liebe wie sie sind, sie mich aber so akzeptieren sollten wie ich war, einfach anders.

Als Jakob in mein Zimmer kam, um mir mitzuteilen, daß das Abendessen fertig sei, war ich fest dazu entschlossen, zwar zu diesem Psychodoktor zu gehen, jedoch allen zu beweisen, daß auch dieser studierte Mann meine Stimmbänder nicht in Bewegung zu setzen vermochte. Ich ging brav mit Jakob zum Abendessen hinunter, wo ein schon gedeckter Tisch auf uns wartete. Mein Sessel quietschte, als ich mich setzte, sonst blieb es still. Alle aßen schweigend, kauten, schluckten und starrten ihre Teller an, wie hypnotisiert, und ich wußte, ich hätte nur mit den Fingern zu schnippen brauchen und sie wären aus der Hypnose erwacht. Doch ich tat es nicht. Statt dessen bestrich ich ein Brot mit Margarine, legte Wurst und Käse darauf und belud das Ganze noch mit Paprika. Meine Mutter erwachte aus ihrer Traumstarre, gerade als ich den ersten Bissen schlucken wollte. „Dein Vater und ich", jetzt erwachte der soeben genannte auch, „haben uns schon nach einem geeigneten Therapeuten umgesehen." Mir blieb das Brot im Hals stecken. Das war ja schnell gegangen. Mein Vater räusperte sich, spülte mit einem Schluck Mineralwasser nach und übernahm das Wort: „Ein Kollege von mir, Peter Ucia, hat mir den Tip gegeben, daß in unserer Nähe ein neuer Arzt seine Praxis öffnen wird, besser, geöffnet hat. Er ist gebürtiger Ire und als sehr vertrauenswürdig, sympathisch und fachkundig bekannt." Er sah mich abwartend an. Mir fiel ein Stück Paprika vom Brot. Meine Mutter meinte wohl, ich wäre immer noch sauer, weil ich keine Reaktion zeigte. „Schau, mein Schatz, wir glauben wirklich, daß das das beste für dich wäre. Sei froh, daß es nicht so wie beim Zahnarzt ist, der in dir herumbohrt", versuchte sie zu scherzen. Aber für mich hatten die beiden Ärzte eine erstaunliche Ähnlichkeit miteinander. Der eine bohrte in meinen Zähnen, wozu ich den Mund öffnen mußte und das war mir unangenehm. Der andere wollte mich dazu bringen, den Mund zu öffnen. Für mich kam das auf dasselbe hinaus. Doch ich hatte mich ja entschlossen, mir das Ganze einmal anzuschauen und so nickte ich folgsam mit dem Kopf. Jetzt waren meine Eltern an der Reihe, verwirrt zu sein. So kampflos hatten sie sich das nicht vorgestellt. Aber meine Mutter deutete es sofort als Sieg und stürmte die gegnerische Festung mit fliegenden Fahnen. „Du hast nächsten Dienstag um sechzehn Uhr gleich deine erste Einführungsstunde", teilte sie mir freudestrahlend mit. Mir fiel das restliche Brot aus der Hand, natürlich mit der Butterseite nach unten und dann noch genau auf Annas Bluse, die ich heimlich aus ihrem Kasten stibitzt hatte. Für meinen Geschmack war meine Mutter in ihrer Euphorie ein wenig über das Ziel hinausgeschossen. Sie hätten mich wenigstens zuerst fragen können, aber nein... Ach, Anna, wo warst du nur. Wärst du hier gewesen und hättest getobt, weil ich deine Bluse trug, wäre mir das so egal gewesen. Denn du hättest mich verteidigt, mir geholfen, Anna die Gerechte. Du hättest ihnen klar gemacht, daß das alles sehr überstürzt wirkte. Aber Anna, meine private Strafverteidigerin, war zu irgendeinem Seminar ins Waldviertel verreist. Sie kam erst drei Tage später zurück und dabei war für den nächsten Tag schon der Termin angesetzt. Sie konnte, nachdem sie alles erfahren hatte, nicht viel mehr tun, als mich zu trösten, mit lustigen Seminargeschichten abzulenken und mir zu versprechen, daß sie mich begleiten werde. So standen wir also am Dienstag Punkt vier vor dem Neubau, in dem sich die Praxis befand. Hand in Hand durchschritten wir das Gartentor und blieben vor der Eingangstüre stehen. Ein schlichtes, goldenes Schild verkündete, daß hier Dr. Patrick McMoraine, Psychotherapeut, seine Ordination habe. Daneben war die Klingel. Anna drückte einmal darauf und man konnte drinnen ein sanftes, fast zaghaftes Läuten hören. Wie auf eine, auf Knopfdruck ausgelöste Kettenreaktion hin, wurden Schritte hörbar. Dies konnte unmöglich Dr. Patrick McMoraine sein, der sich da auf klappernden Absätzen näherte. Die Tür wurde so stürmisch aufgerissen, daß wir erschrocken zwei Schritte rückwärts gingen. „Ja, bitte?", kam es fragend von der Frau, die soeben im Türrahmen erschienen war. Sie war groß und dünn, ihr Kostüm wirkte, als ob Gianni Versace gestern noch daran gearbeitet hätte. Die Duftwelle, die von ihr ausging, ließ mich sofort an alte Vorhänge denken. Nicht, daß es ein modriger Gestank war, oh nein, aber das Parfum wirkte so schwer und dunkel, wie ein alter Samtvorhang. Das Auffälligste an ihr waren ihre Haare und Augen. Die einen waren feuerrot, die anderen giftgrün. So etwas hatte ich in natura noch überhaupt nicht gesehen und es war offensichtlich, daß das keine Kosmetikerin verbrochen hatte. Nachdem wir unser Gegenüber mit offenem Mund von oben bis unten begutachtet hatten, wurde Anna diese Peinlichkeit bewußt. „Entschuldigen Sie", brachte sie kleinlaut hervor, „aber wir haben einen Termin bei Dr. McMoraine." Die Dame lächelte scheel, trat beiseite und ließ uns ein. Wir befanden uns nun in der Garderobe, die nur aus einem Kleiderständer bestand und direkt in das Sekretariat überging. Dort, hinter einem Schreibtisch, machte es sich unsere neueste Bekanntschaft jetzt bequem. Anna und ich ließen uns auf eine Geste mit der ringbeladenen Hand hin auf ein Ledersofa fallen. Ich glaube, uns war beiden nicht ganz wohl zumute, als wir zentimetertief in dem braunen Leder verschwanden. Aber tapfer sahen wir zu dem Vorzimmerfräulein auf. „Ihr habt also einen Termin", fing die Rothaarige völlig unerwartet an. Fasziniert beobachtete ich, wie sie zu einer Brille griff und diese so gründlich zu putzen begann, daß ich mich am Schluß fragte, ob sie die Gläser nicht gleich mit weggeschrubbt hatte. Nach dieser Prozedur legte sie die Lesehilfe wieder auf ihren Platz neben dem Computer zurück. Eigentlich schade, dachte ich mir. Wenn sie die Brille aufsetzen würde, wäre sie eine perfekte Sekretärin, wie aus dem Film. Sie tat mir den Gefallen aber nicht, vorläufig. „Ja." Annas Stimme holte mich in die Wirklichkeit zurück. „Mein Name ist Anna Kart und das ist meine Schwester, Silvie. Wie schon gesagt, wir, daß heißt sie, hat ein quasi Vorstellungsgespräch um sechzehn Uhr mit dem Herrn Doktor." Ich nickte, um ihre Worte zu unterstreichen. „Ah, das ist also Silvie", die grünen Augen durchbohrten mich. „Nett dich kennen zu lernen." Sie sprach von mir, als würde mich die halbe Welt kennen. Aber dann fiel mir ein, daß ja meine Eltern schon hiergewesen waren. Die Dame schien auch keine weiteren Fragen zu haben. Sie wich vom Thema ab und begann nun endlich, nach unserer knapp viertelstündigen Bekanntschaft, sich vorzustellen. „Mein Name ist Shirley McMoraine." Ich bekam große Augen. Diese Person konnte doch nicht...? „Ich bin die Schwester von Patrick." Doch, sie konnte. Aber, wieso sprach sie so akzentfrei Deutsch? „Unsere Eltern ließen sich scheiden. Mein Vater, ein Ire, blieb mit meinem Bruder auf der Insel. Meine Mutter emigrierte mit mir nach Österreich, kurz nach meiner Geburt." Das war zwar ein ungewöhnlich ausführliches Vorstellungsgespräch für eine Sekretärin, aber es beantwortete immerhin meine nicht gestellten Fragen. „Als mein Bruder nach Österreich kam, bot ich ihm meine Hilfe an", säuselte sie weiter. In mir bestand kein Zweifel, daß sie ihm ihre Mitarbeit nicht freundschaftlich angeboten, sondern aufgedrängt hatte. Langsam bekam ich eine Vorstellung, von welchem Typ Frau Shirley war. Ich schätzte sie auf egoistisch und dominant ein, eine Person, die vor Selbstbewußtsein nur so strotzte. Doch diese, meist positive Eigenschaft, konnte auch eine negative Seite haben. Die Schwester des Doktors war das beste Beispiel dafür. Und dann nahm sie allen Ernstes die Brille wieder zur Hand. Hatte sie meinen geheimen Wunsch erhört, würde sie sich das Ding auf die Nase schieben? Ja, sie tat es und zwar mit solch einer einstudierten Eleganz, daß ich beinahe Beifall geklatscht hätte. Shirley McMoraine war wirklich das Bild von einer Sekretärin. Mit der Brille wurde ihr stechender Blick noch korrekter, sie war ein Musterbeispiel an Ordnung. „Ich erzähle euch das alles deshalb, weil ich will, daß ihr mich kennt". Zischte sie im Ton einer zubeißenden Schlange. Hatte ich sie etwa mit offenem Mund angestarrt? Ich konnte mich nicht daran erinnern, versank aber sicherheitshalber noch ein paar Zentimeter tiefer in der Couch. „Denn ich möchte euch, speziell natürlich dich, Silvie, ebenfalls kennenlernen. Patrick möchte, daß mir alle Patienten vertraut sind." Ich hatte keine Bedenken den letzten Satz im Gedächtnis zu streichen und in: „Ich will alles über Patricks Patienten wissen", umzuändern. „Nun, von Silvie werden Sie wenig hören", meinte Anna lässig. Erst jetzt fiel mir ein, daß sie ja die ganze Zeit neben mir gesessen hatte und dem Palaver der Filmsekretärin ebenfalls lauschen mußte. Shirleys Augen schossen grüne Blitze auf meine Schwester. „Und warum nicht?", empörte sie sich. „Weil sie nicht mehr spricht und genau darum sind wir hier", konterte Anna in dem Ton einer Kindergartentante, die einem ihrer Schützlinge erklärt, warum er den Fön nicht mit in die Badewanne nehmen darf. Ich verbiß mir ein Lachen. Anna war offenbar ebenso ungeduldig gewesen wie ich, wenn nicht noch ungeduldiger. Miss Shirley lief rot an. Mir Blödmann fiel dazu natürlich nur ein, daß die ganze rote Farbe aus ihren Haaren stammen müßte und, wenn man sie lang genug ärgern würde, wäre sie wahrscheinlich blond. Nun mußte ich wirklich grinsen. Die Tippse sah mich strafend an und murmelte: „Vielleicht solltest du jetzt hineingehen; die linke Tür." Dann kehrte uns die Muräne, wie ich sie längst getauft hatte, den Rücken zu und begann die Tastatur des Computers zu bearbeiten. Anna erzählte mir nachher, daß sie sie kein einziges Mal mehr angesehen, geschweige denn angesprochen hatte. Wir stemmten uns beide aus dem Ledersofa hoch, das sich mittlerweile so an uns gewöhnt hatte, daß es uns nur mit einem widerwilligen Geräusch, so als ab man einen verstopften Ausguß mit dem Saugnapf reinigt, freigab. Ich sah Anna fragend an. „Ich komme erst einmal mit. Wenn mich der Doktor hinausschicken will, dann kann er das immer noch tun, oder?", brummte sie und schob mich Richtung Tür. Plötzlich kam mir ein schrecklicher Gedanke. Was war, wenn der gute Dr. McMoraine ein Ebenbild seines schwesterlichen Drachens war? Während ich zaghaft an die linke Türe klopfte, wurden in mir Schreckensvisionen wach von einem wahren irischen Teufel, mit funkelnden Augen und einem wilden, roten Wikingerbart. Doch die sympathische Stimme, die mit leicht englischem Akzent „Herein" rief, nahm mir die ärgsten Befürchtungen wieder ab. Mutig drückte ich die Klinke hinunter, seufzte noch einmal tief und schob das Stück Holz beiseite, welches mich noch von dem Arzt trennte. Der Mann, der am anderen Ende des Raumes am Fenster lehnte, aus dem er gerade noch geblickt haben mußte, war mir auf Anhieb vertraut.

Natürlich hatte ich ihn noch nie zuvor gesehen, aber von ihm ging irgendwie ein Leuchten aus, ein angenehmes Licht, das uns in warmen Wellen umspülte. Ich meine nicht wie in irgendwelchen Horror- oder Fantasiefilmen. Er hatte einfach eine beruhigende Aura, ich weiß nicht, wie ich es sonst beschreiben soll. Auch Anna erging es, glaube ich, ebenso wie mir. Sie vergaß sogar, die Tür zu schließen, durch welche sie als letzte gekommen war. „Bitte kommen Sie doch herein", schnurrte der englische Akzent. Das war Annas Stichwort, nun doch endlich die Tür ins Schloß zu drücken, was sie auch hastig tat. Die Gestalt löste sich von ihrem Standort, bot uns mit einer Geste an, auf dem Sofa Platz zu nehmen und setzte sich genau gegenüber in einen, jetzt meinen, alten Ohrensessel. Nun hatten wir zum ersten Mal die Chance, Dr. McMoraine gründlich zu betrachten, da wir ihn gegen das Licht nur als Schatten hatten ausmachen können. Ich musterte ihn respektlos von Kopf bis Fuß. Es schien ihn nicht zu stören, ja ich hatte das Gefühl, daß er damit sehr einverstanden war. Es gehörte einfach zum Begrüßungsritual dazu. Später einmal erklärte er mir, daß der erste Eindruck, den man von jemandem bekommt, für das Erste, das Wichtigste sei, um den anderen mit der Zeit immer besser kennenzulernen. In den meisten Fällen ist nun einfach das Aussehen der erste Eindruck. Und was ich sah, gefiel mir gut. Die Vorstellungen von einem barbarischen Kelten verblaßten ins Lächerliche und ich war sicher, mit diesem Menschen konnte man gut zusammenarbeiten. Ich hatte wirklich vor, mich zu bemühen, alles zu machen, außer zu reden. Anna schien ebenso fasziniert von unserem Gegenüber. Verstohlen, wie ein kleines Kind, betrachtete sie wieder und wieder die braunen Haare, mit dem leicht rötlichem Stich und die lächelnden Augen. Sie waren auch grün, wie die von seiner Schwester, aber das machte den Unterschied um so deutlicher. Während Shirleys Augen hart, kalt und ungenießbar grün erschienen, waren seine das genaue Gegenteil: warm, offenherzig und smaragdfarben. „Ich bin Anna Kart, bitte sagen sie Anna zu mir, und das ist meine Schwester, Silvie", begann uns Anna aufs neue vorzustellen. Ein breites Lächeln erfüllte McMoraines Gesicht. „Das ist also Silvie", nickte er. Komisch, daß allen Leuten dasselbe einfiel, wenn ich ihnen vorgestellt wurde. „Ich habe mit deinen, Verzeihung", er lächelte Anna an, „ich meine natürlich mit euren Eltern, gesprochen. Und ich freue mich wirklich auf unsere Zusammenarbeit, Silvie." Wie konnte ein Mensch nur so lange und so ehrlich lächeln. Bei allen anderen hätte es übertrieben, schleimerhaft und falsch gewirkt. Aber die ganze Kraft schien in dieser vertrauten Geste zu liegen. Man konnte gar nicht anders. Man mußte Dr. McMoraine einfach gern haben. „Wie ich hörte, bist du ja ein menschlich und medizinisch hoch interessanter Fall", sprach er weiter. Das war das erste Mal, daß ich diese Wortverbindung hörte, aber es sollte nicht dabei bleiben, denn, wie ich in der nächsten Zeit draufkam, gehörte sie zu den geläufigsten Redewendungen des

Iren. Dann bekam das Gespräch eine plötzliche Wendung. „So, ich denke, wir haben uns jetzt alle vorgestellt. Das hier sollte ja nur dazu dienen, daß du, liebe Silvie, in der nächsten, ernsthaften Stunde, keinen Schock bekommst, sondern die Umgebung schon ein wenig kennst. Ich weiß, die Zeit war sehr knapp, aber denkst du, daß du wieder herfindest?", fragte der Doktor mit einem gewinnenden Lächeln. Es war so ansteckend, daß ich zurücklächelte und nickte. Ich würde mit Freude wieder kommen. Allerdings konnte ich mir immer noch nicht vorstellen, auf welche, übernatürliche Art und Weise, sich McMoraine mit mir zu verständigen gedachte. Er war einfach ein so ein netter Kerl, und ich wollte keine Schwierigkeiten machen. Andererseits ist es mein Spezialgebiet, mich über anderer Leute Probleme zu sorgen. Das einzige, wirkliche Problem des Arztes jedoch war und blieb mein Schweigen. Und daran, fand ich, sollte er sich ruhig die Zähne ausbeißen.

2. September

Meine Mutter ist draufgekommen, daß ich in dieses Buch schreibe. Ich weiß nicht wie, aber sie hat es irgendwie geschafft. Sie drängte mich, das Niedergeschriebene McMoraine zu bringen und wurde wütend, als ich mich beharrlich weigerte. Dann schimpfte sie los, daß ich mich nicht einmal anstandsweise bemühen würde, mit dem Psychotherapeuten zu kooperieren. Das ganze Geld, das sie in meine „Heilung" steckten, wäre schließlich auch nicht zur freien Entnahme gewesen. So ist meine Mutter. Anstatt daß ich wütend werde, weil sie in meinen Sachen herumschnüffelt, verschafft sie mir Schuldgefühle. Eigentlich hätte es doch umgekehrt sein müssen, oder? Aber statt dessen schäme ich mich, meinen Eltern das Geld aus der Tasche zu ziehen. Halt, das kann doch nicht stimmen! Wollte ich eine ärztliche Behandlung, finde ich mein Verhalten beunruhigend? Nein, in beiden Fällen, wie Anna sagen würde. Doch, warum fühle ich mich dann so mies? Ich glaube, es war der verletzende Ton meiner Mutter. Es klang, als würde sie mich beschuldigen, nur so zum Spaß zu Dr. McMoraine zu gehen, ohne mir etwas dabei zu denken. Aber das stimmt nicht. Ich besuche ihn mittlerweile sehr gerne, da er mir immer Denkanstöße liefert. Und wenn man nichts zu sagen hat, ob freiwillig oder unfreiwillig, braucht man etwas zum Denken. Ha, vielleicht habe ich aus diesem Grund aufgehört zu sprechen, damit ich mich nur noch auf das Denken konzentrieren kann. Klingt das jetzt blöd, wenn ich behaupte, daß ich schon immer gerne gedacht habe? So wie ich schon immer gerne geschrieben habe. Vielleicht bin ich ein Mensch, der die lautlose Kommunikation bevorzugt. Am liebsten wollte ich immer, daß mir die Gedanken von den Augen abgelesen werden. Natürlich nicht so, wie in einem schnulzigen Kitschfilm, wo er: „Liebling, ich werde dir jeden Wunsch von den Augen ablesen", haucht, bloß nicht. Aber daß ich einfach nur etwas zu denken brauche und der andere errät meine Gedanken. Freilich nicht jeden Gedanken immer und überall, das wäre furchtbar. Nur bestimmte Sachen eben. Die wären über die gedankliche Bahn doch viel schneller auszutauschen. Wenn ich abends ins Bett gehe, heißt das für mich noch lange nicht Sendepause. Im Gegenteil, ich fange an zu denken, zu grübeln und zu forschen. Ich träume mit offenen Augen, oder lasse vergangene Erlebnisse noch einmal ablaufen. Vielleicht haben, schon bevor ich wirklich zu sprechen aufhörte, deshalb alle behauptet, ich wäre so ein stilles Kind. Aber ich brauchte nie großartige Unterhaltung, nur eine Ecke zum Denken und Träumen. Ich finde, dabei kann einem nie langweilig werden. Freilich, wenn man eine Haftstrafe absitzt und den ganzen Tag nichts anderes tun kann als denken, dann wird es anstrengend, aber mit Sicherheit nie langweilig. Man muß nur für sich richtig denken. Mathematik soll ja auch etwas zum Denken sein. Mir steigt dabei die Galle hoch. Jedem das seine. Das hat Dr. McMoraine auch gesagt, als er mir, gleich in meiner ersten Stunde, die Tafel gezeigt hat, die er extra in seine Praxis hatte bringen lassen. „Damit wir nicht soviel Papier verbrauchen", hat er mit leicht ironischem Unterton und viel englischem Akzent erklärt. Ich fand diese Tafel die vernünftigste Idee seit einem Monat. Die Stunde verlief viel gemütlicher, als ich es mir vorgestellt hatte. Er versuchte weder mich zu hypnotisieren, noch bombardierte er mich mit der Standardfrage: „Warum sprichst du nicht mehr?" Ich durfte entspannt in dem alten Polstermöbel sitzen und Shirley servierte uns Tee.

In diesem Moment verspürte ich eine Art Triumphgefühl, daß ich hier angenehm, ihrem netten Bruder zuhören konnte, während sie schuften mußte. Aber, jedem das seine. Doch nach dem Tee wurde es langsam ernst. „Silvie", sagte McMoraine und sein Blick verriet, was jetzt folgen würde. Die Teepause war auf alle Fälle vorüber. „Du weißt ja sicherlich, warum dich deine Eltern hergeschickt haben." Blöde Frage, das wußte er genau so gut, wie ich. Jedoch selbst dieser, nicht sehr geistreiche Einleitungssatz, konnte meine ehrliche Sympathie diesem Mann gegenüber nicht schmälern, im Gegenteil. Allein die Tatsache, daß er wohl wußte, daß mich meine Eltern zu ihm geschickt hatten, ließ ihn auf der Beliebtheitsskala noch ein Stückchen höher wandern. „Wir werden, so wie ich das sehe, länger zusammenarbeiten. Als erstes möchte ich, daß nicht ich dir, sondern du mir Fragen stellst. Du solltest mich ebensogut kennen wie ich dich. Das ist nicht nur fair, sondern schafft auch eine bessere Arbeitsbasis. Was meinst du?" Ich nickte. Er streckte die Hand nach der Tafel aus, die auf dem Couchtisch lag, reichte sie mir und ging zu seinem Schreibtisch. Dort zog er die oberste Lade auf, nahm zwei noch nie benutzte Stückchen Kreide heraus und kam wieder zu mir zurück. Er drückte mir die Kreide in die Hand, ließ sich anschließend auf das Sofa fallen und seufzte zufrieden: „So, jetzt bist du dran." Da saß ich nun wie ein Abc-Schütze und kam mir ziemlich blöd vor. Was sollte ich schon groß fragen? Sind Sie verheiratet?

Haben Sie Kinder? Nein, unmöglich, außerdem war ich fast sicher, daß er auf andere Fragen gefaßt war. Zum Glück half er mir aus meiner Verlegenheit, indem er sich erkundigte: „Hast du irgendwelche Fragen zu meinem Privatleben?" Ich schüttelte abrupt den Kopf, vielleicht ein wenig zu heftig. McMoraine lächelte. „Gut, dann stell eine Frage, die dir am Herzen liegt." Mir fiel beim besten Willen nichts Dümmeres ein, also schrieb ich mit quietschender Kreide: Wieso sprechen Sie so gut deutsch? auf die Tafel. Diese war ungefähr fünfzig mal dreißig Zentimeter groß und hatte bequem auf meinen Knien Platz. Als ich mit dem Hauch von Andächtigkeit, den man unweigerlich bekommt, wenn man auf einer Tafel langsam und bedächtig schreibt, zu Ende geschrieben hatte, drehte ich das grüne Brett kurzerhand um, sodaß der Doktor, der mir gegenübersaß, wie ein Schüler die Tafel genau im Auge hatte. Er lächelte (was sonst) und erklärte mir: „Meine Mutter war Österreicherin. Als Shirley fünf und ich elf Jahre alt war, ließ sie sich von meinem Vater scheiden. Sie ging mit meiner Schwester zurück nach Österreich. Ich bin vor zwei Jahren auf Urlaub hier gewesen und habe beschlossen, daß es mir hier gefällt. Mein Vater, ein Handlungsreisender, der für einen Iren ausgezeichnet deutsch sprach, hat all die Jahre dafür gesorgt, daß meine Deutschkenntnisse nicht versiegen. Ich bin ihm dafür ewig dankbar, denn so bin ich praktisch zweisprachig aufgewachsen. Für den leichten, englischen Akzent, der mir geblieben ist, kann er nichts." Das war eine Antwort, mit der man sich zufrieden geben konnte. Mir gefiel es, wie er über seinen Vater sprach. Es war offensichtlich, daß er ihn in dem Maße respektierte, bewunderte und liebte, wie es für eine Sohn nur möglich war. „Kann ich dir sonst noch eine Frage beantworten? Ich meine, selbst für dich muß dein Zustand, nein, das klingt zu hart, warte, ich entdramatisiere es etwas. Deine Situation, genau das ist das Wort, das ich gesucht habe, also deine Situation muß doch selbst dir auf eine Weise zu schaffen machen. Versteh mich bitte nicht falsch. Du hast dich zwar so entschieden, aber daß es da nicht irgendwelche Probleme und Unsicherheiten gibt, kannst du mir nicht weismachen." Wenn jemand anders diese Rede geschwungen hätte, wäre ich wohl verärgert gewesen. Aber Dr. McMoraine brachte das Ganze in einem Tonfall herüber, der deutlich aussagte, daß er mich insgeheim bewundere und mir helfen wolle. Natürlich nicht helfen wolle stumm zu bleiben, denn dafür war er ja nicht engagiert worden. Ihm zuliebe überlegte ich krampfhaft, ob mir so eine Frage einfiele. Eigentlich rechnete ich selbst nicht damit, aber plötzlich erinnerte ich mich an meinen ersten stimmlosen Tag. Dr. McMoraine mußte mir meinen Geistesblitz förmlich angesehen haben. Ohne ein Wort zu sagen, deutete er auf die Tafel. Dann erhob er sich, drehte sich einmal suchend um seine eigene Achse und steuerte anschließend zielstrebig auf ein Regal zu. Diesem entnahm er einen graubraunen Putzfetzen, den er wiederum triumphierend zu mir zurück trug. Ich hatte jede seiner Bewegungen fast skeptisch beobachtet. Was sollte das denn werden, wenn es fertig war? „Ein Tafeltuch gefällig, Mylady?" Erleichtert atmete ich auf, obwohl ich eigentlich keine Ahnung hatte, warum ich mich so angespannt hatte. Wahrscheinlich war es die Unvorhersehbarkeit, die in seinem Handeln lag und in mir Verwirrung und Zweifel auslöste. Offenbar traute ich ihm in meinem Innersten doch nicht so sehr, wie es den Anschein hatte. Jedenfalls nahm ich, eine kleine Verbeugung andeutend, das Staubtuch, mit welchem er mir so ritterlich vor dem Haaransatz herumfächelte und schalt mich selbst eine schreckhafte Nudel. Der Doktor nahm wieder seine, schon gewohnte Position ein. Während ich schrieb, konnte ich seinen gespannt abwartenden Blick fühlen, der aufmerksam die Kreide zu verfolgen schien. Die Frage, die mir in den Sinn gekommen war, war entweder zu lang für das kleine Schreibbrett, oder meine Klaue war zu groß. Auf alle Fälle war es mir nur möglich, den halben Satz darauf zu quetschen. Ich zeigte McMoraine mein Werk, er nickte mit gerunzelter Stirn, was für mich der Ansporn war, weiter zu schreiben. Ich löschte den Fragenansatz und ersetzte ihn durch das Ende, das ich wiederum gut leserlich plazierte. „Wenn ich dich richtig verstehe", meinte McMoraine, die Stirn immer noch in Falten, „hat dir dein Vater Angst einjagen wollen, indem er dir von verkümmerten Stimmbändern und dergleichen erzählte. Wenn ich jetzt taktlos wäre, würde ich antworten, daß kann dir doch egal sein. Aber ich verstehe dich. Auch wenn man einen Körperteil absichtlich außer Funktion stellt, ist die Vorstellung, daß dieser Teil verkümmert, nicht gerade angenehm. Er ist ja immerhin ein Teil von dir, ein wichtiger noch dazu, auch wenn du ihn auf unbestimmte Zeit beurlaubt hast. Ich muß dir dazu sagen, daß ich mich da selber nicht genug auskenne. Aber ich verspreche dir, ich werde mich umhören und dir dann Bescheid geben." Mir fällt gerade ein, daß er mir bis heute noch keine Antwort präsentiert hat. Entweder er hat vergessen oder noch nichts herausgefunden. Bei Gelegenheit werde ich ihn einmal wieder daran erinnern, aber ich vertraue ihm. Er hat sich sicher schon um eine Antwort bemüht. Charaktereigenschaften sind schwer einzuschätzen. Vor allem, wenn es um die eigenen geht. Doch bei einer Eigenschaft bin ich mir hundertprozentig sicher, daß ich sie besitze. Ich bin mißtrauisch und zwar so verbohrt mißtrauisch, daß ich andere Leute schon oft dadurch verletzt habe. Ich glaube ihnen nicht, habe kein Vertrauen, selbst wenn ich sie lang und gut kenne. Aber ich kann einfach nicht anders. Nur Dr. McMoraine bildet eine Ausnahme. Ich weiß nicht warum, aber ich habe ihm schon vom ersten Augenblick an vertraut. Umgekehrt jedoch macht es mich noch verrückter, wenn mir jemand nicht traut. Meine Mutter tut das nicht, sie versteht nicht, warum ich McMoraine dieses Buch nicht zeigen will. Und ich kann es ihr nicht sagen.

6. September

Am Mittwoch beginnt die Schule wieder. Es wird so sein, wie es letztes Jahr war. Der erste Schultag, die Freude einander wiederzusehen, die Begrüßungsworte vom Seifert: „Willkommen in der Siebenten", der Besuch beim „Eis Willi", alles wird seinen gewohnten Gang nehmen. Nach ein paar Wochen, der gleichmäßige Schultrott: ich werde in Latein die Sätze an der Tafel übersetzen, in Englisch die doppelte Aufgabe bringen und französische Verben am Overhead herunterkonjugieren. Alles wie immer. Aber ich freue mich wie jedes Jahr darauf. Im nachhinein ist meine Freude dann etwas gedämpfter, wenn ich wieder einmal in mich hineinfluchend vor einer Matheaufgabe sitze. Doch mit dem lästigen Schulalltag beginnt auch das Schwimmtraining wieder. Darauf freue ich mich am meisten. Während der Ferien schaue ich, daß ich jeden Tag, und wenn das nicht geht, dann sooft wie möglich, im Schwimmbad bin. Manchmal fahren wir auch ein paar Tage zu meinen Großeltern, die ein Haus direkt an einem See besitzen. Dort bin ich dann praktisch nicht mehr aus dem kühlen Naß herauszubekommen. Ich stehe freiwillig früh auf und mein erster Weg führt mich ins Wasser. Nach dem Essen bekomme ich Depressionen, solange bis mein Magen wieder leer genug zum Schwimmen ist. Am Abend, wenn die ganze Familie auf der Terrasse sitzt und sich von Gelsen auffressen läßt, schaue ich mir den Sonnenuntergang aus der Fischperspektive an. Die Schulzeit über kann ich mir so feuchte Orgien freilich nicht erlauben. Umso wichtiger ist mir das Schwimmtraining, zu dem ich selbst mit gebrochenen Händen gehen würde. Viele Mitglieder der Schwimmunion schwimmen aus Ehrgeiz, weil sie bei den nächsten Meisterschaften auf dem Stockerl stehen wollen. Ich schwimme aus Spaß. Mir geht es nirgendwo so gut wie im Wasser. Es ist einfach mein Element. Meine Mutter sagt immer, ich hätte eigentlich ein Fisch werden müssen. Und Anna droht mir manchmal lachend an, daß sie mich an Sea World, in Florida, verkauft, sobald ich Schwimmhäute habe. Aber es stimmt. Im Wasser fühle ich mich so frei, wie nirgendwo anders. Abends stehe ich stundenlang unter der Dusche, wenn nicht nach zehn Minuten jemand an die Tür klopft und mich höflich bittet, doch noch etwas Wasser in der Leitung zu lassen, da die restlichen Familienmitglieder keine Lust hätten, nur noch trockenen Staub vorzufinden. Das Absurdeste ist wohl, daß ich gerne im Regen spazieren gehe. Ja, ich gehöre zu den komischen Menschen, die Regen lieben. Wenn alle über das „Hundswetter" herziehen, das schon seit Wochen eintönig zum Fenster hereinglotzt, kann ich nur mitleidig den Kopf schütteln, über soviel Unverständigkeit. Vom Himmel gießendes Wasser ist doch etwas Herrliches. Mir kommt da gerade so ein Gedanke. Nein, eigentlich ist es ein Blödsinn. Aber ich suche ja nach Gründen für mein Schweigen und nicht nach wissenschaftlichen

Erklärungen, also warum nicht. Der Grund ist blöd, irrsinnig, aber die Sachen, die mir bis jetzt zu diesem Thema eingefallen sind, waren auch nicht besser. Also, nicht daß ich das glaube, aber viele behaupten ja, daß an mir ein Fisch verlorengegangen sei. Wenn nun wirklich...? Nein, ich halte mich nicht für ein Wasserlebewesen, aber andererseits, welcher Fisch spricht denn? Ach, das ist so unwahrscheinlich einfältig. Sollte ich meine Stimme tatsächlich aufgegeben haben, um den Meerestieren näher zu sein? Lächerlich, ich glaube, daß ist der dümmste Grund, der mir einfallen konnte. Und doch... Ach, was! Ich freue mich jedenfalls auf das Training. Es ist für mich die schönste Ablenkung. Früher ist Anna auch Schwimmen gegangen. Aber dann entdeckte sie eine neue Leidenschaft: Tennis. Ihr Trainer redete ihr ein, sie sei ein wahres Naturtalent. Nach zweieinhalb Monaten ließ das Naturtalent den Tennisschläger fallen und griff zum Florett. Ja, allen ernstes fing sie an Fechtunterricht zu nehmen. Nachdem ihr das zu stachelig wurde, zog sie Reitstiefel an und machte die Gegend zu Pferd unsicher. Dann eines Abends kam sie von der Oper nach Hause und erklärte uns, wie wundervoll das Ballett getanzt hätte, und daß sie vorhabe, von den Pferderücken auf Spitzenschuhe umzusatteln. Nicht einmal zwei Wochen hielt sie es in der Ballettschule aus. Ihre neue Leidenschaft hieß Volleyball. Man könnte die Liste beinahe ewig so fortsetzen. Noch nie konnte Anna sich auf irgend etwas festlegen. Das hat Vor- und Nachteile.

Ein Vorteil ist, daß sie alles kennenlernt, und wenn sie auch nicht dabei bleibt, so kann sie doch ein wenig in alles hineinschnuppern. Der Haken an der Sache ist, daß sie alle zwei bis drei Monate neue Utensilien benötigt. Aber seitdem meine Eltern draufgekommen sind, daß sie die noch kaum benutzten Sachen, von Annas letzter Aktivität, mit gutem Gewissen verkaufen können, haben sie aufgehört sich darüber aufzuregen. Außerdem, meinen sie, ist Anna volljährig und für sich selbst verantwortlich. Ich glaube, daß in ihr, trotz aller Erwachsenheit, immer das kleine Kind bleiben wird, das alles ausprobieren und kennenlernen möchte. Übrigens, momentan ist sie bei Karate angelangt. Denn, ich zitiere: „Die moderne Frau muß schließlich wissen, wie sie sich verteidigen kann." Anna, Anna, du solltest als aller erstes deine Unbeständigkeit bekämpfen. Es gibt nur eine einzige Tätigkeit, die meine Schwester ausübt, ohne jemals daran gezweifelt zu haben. Sie spielt Cello und das seit sie sieben ist. In meinen Augen ist sie ein Genie, aber vielleicht nur deshalb, weil ich selber kein Instrument beherrsche. Ich habe vor langer Zeit einmal Flöte gespielt, doch als meine Lehrerin und ich meiner Mutter in gemeinsamem Einverständnis klar machten, daß ihre Tochter total unmusikalisch sei, durfte ich wieder damit aufhören. Nun ist Jakob gerade in den Flötenjahren, aber ich glaube, daß er den gleichen Weg wie ich gehen wird. Meine Mutter wird das nie verstehen. Sie ist begeisterte Klavierspielerin und wollte ihre Kinder mit Musik aufwachsen lassen. Das dürfte ihr nur bei Anna gelungen sein. Wenn sie spielt, treten selbst einem unverständigen Menschen wie mir die Tränen in die Augen. Ja, es ist fast, als würde mich ihre Musik umschwemmen, wie das Wasser. Ich fühle mich darin geborgen und wohl. Gott, bin ich froh, daß ich meine Stimme und nicht mein Gehör aufgegeben habe.

8. September

Es ist verrückt, vollkommen verrückt. Kaum macht der Sommer die Bühne für den Herbst frei, bin ich in einer feierlichen Stimmung. Das alleine wäre ja kein Malheur, aber ich bin nicht in einer x-beliebigen Stimmung, ich bin in Weihnachtsstimmung. Eigentlich sollte ich mir Gedanken über den Schulbeginn machen, oder von mir aus auch etwas anderes. Aber nein, es weihnachtet mir. Allerdings dürfte die restliche Familie das noch schlimmer finden als ich. Ich war immer schon ein Weihnachtsfanatiker. Anfang September krame ich die Weihnachtsplatten und CDs heraus und spiele sie Tag aus, Tag ein auf der Stereoanlage im Wohnzimmer. Im Oktober bekomme ich eine panische Angst, daß mir nicht die passenden Weihnachtsgeschenke einfallen. Im Vertrauen, zu dieser Jahreszeit sind mir noch nie geeignete Dinge eingefallen. Trotzdem überlege ich stundenlang in apathischem Zustand, so daß meine Eltern knapp davor sind, den Arzt zu rufen. Im November bin ich dann völlig cool und der ganze Spuk ist vorüber. Der Schulstreß hält einen auf Trab und der 24. Dezember rückt in ferne Dimensionen. Doch sobald der Rest der Welt Weihnachten zu erahnen beginnt, erwache ich aus meiner Starre und fange von Neuem an, Pläne zu schmieden. Ich hetze von Christkindlmarkt zu Christkindlmarkt und drehe durch, sobald die ersten Schneeflocken fallen. Zwei Tage vor der Bescherung stehe ich allerdings immer noch ohne Geschenke da. Aber jetzt gehe ich gemütlich und ohne Hast einkaufen. Alle freuen sich, daß ich mich von meinem Streß wieder erholt habe. Nur gehe ich ihnen bis spät in den April mit Weihnachtsliedern auf die Nerven. Manchmal halte ich mich selbst für verrückt. Ich kann jedoch nichts dagegen tun. Dieser ganze Zirkus scheint einfach in meiner Natur zu liegen. An letzte Weihnachten erinnere ich mich, als ob es gestern gewesen wäre. Jedes Jahr kommen unsere Großeltern, väterlicherseits, am Heiligen Abend zu uns, um diesen bei uns zu verbringen. Nur hatten wir sie seit den Sommerferien nicht mehr gesehen und so kam es, daß sie von meiner kleinen Eskapade noch nichts wußten. Das fiel uns erst eine Woche vorher ein. Meine Mutter, ganz die brave Schwiegertochter, versuchte vorsichtig sie per Telefon darauf vorzubereiten. Aber wie zu befürchten, nahmen sie kein Wort davon ernst und hielten alles für einen Weihnachtsscherz (was auch immer das sein mag). Uns war weniger zum Lachen zumute. Wie soll man den Großeltern glaubhaft machen, daß ihre liebe Enkelin, das aufgeweckte Kind, sich weigert zu sprechen. Wir waren ratlos. Zuerst verlief alles wie am Schnürchen. Punkt sechs Uhr klingelten Oma und Opa an der, für meinen Geschmack, etwas zu schrillen Glocke. Jakob riß die Tür auf und flog ihnen entgegen. Es ist immer das gleiche. Anna oder ich haben die Aufgabe ihn von den Großeltern weg zu locken, damit mein Vater gemeinsam mit seinem Vater die Geschenke vom Auto ins Wohnzimmer transportieren kann. Und es wird von Jahr zu Jahr schwieriger, da Jakob wie Superkleber an seinen heißgeliebten Großeltern klebt. Aber irgendwie schaffen wir es immer. Dieses Mal flüsterte ihm Anna ins Ohr, daß in der Küche eine Dose voll Lebkuchen auf ihn warte. Doch er war skeptisch. „Mama sagt immer, ich soll vor dem Essen nicht naschen", meinte er mit hilfesuchendem Blick. Anna stemmte die Hände in die Hüften und entgegnete mit gespieltem Erstaunen: „Ja, aber heute ist doch Weihnachten." Jetzt war es um unseren kleinen Bruder geschehen. Er bestand noch darauf, daß Oma mitkommen müsse, wartete aber nicht einmal ab, ob sie ihm auch wirklich folge. Ich konnte den Geschenkträgern Bescheid geben. Mein Großvater, der bis zu diesem Augenblick vor der Tür gewartet hatte, begrüßte mich herzlich. „Hallo, mein Mädel. Komm, laß dich umarmen." Ich gehorchte und fand mich Sekunden später in einer Wolke von Rasierwasser und Tabakduft wieder. Lächelnd befreite ich mich aus dieser stürmischen Umarmung. Das Blut meines Großvaters ist zum Teil ungarischer Herkunft. Die Ungarn waren ja schon immer für herzliche Begrüßungen bekannt. Doch bei ihm muß man immer ein bißchen aufpassen, daß einen die Herzlichkeit nicht erdrückt. „Wie geht's dir denn, Silvielein?" Verdammt noch einmal, daß mich das immer und überall alle Leute fragen müssen. Ich nickte weiterhin lächelnd mit dem Kopf. „Na, hat's dir die Sprache verschlagen, vor lauter Wiedersehensfreude", lachte mein Opa. Mein Gesichtsausdruck änderte sich schlagartig, von freudig auf ernst. „Silvie, was hast du denn, ist dir nicht gut?" Besorgt strich mir Großvater über die Haare. Ich schüttelte den Kopf, stumm versteht sich. Da trat mein Vater aus der Haustüre. Er ging zu uns und bemerkte sofort den Stimmungswandel. „Ist etwas los?" fragte er nicht besonders geistreich. „Ja, deine Tochter, sie...". „Sie spricht nicht mehr, ja", fiel ihm mein Vater ins Wort. Die beiden sahen sich mit dem gleichen, ratlosen Blick an, der sie als verwandt kennzeichnete. „Also, war das kein Witz?" erkundigte sich Opa, nachdem er die Antwort verdaut hatte. Mein Vater und ich schüttelten synchron den Kopf. Einen Moment blieben wir wie eingefroren stehen. Keiner rührte sich. „Na, gut, mein Mädel", löste mein Großvater die Spannung. „Gehen wir ins Haus." Er legte seinen Arm um meine Schultern und ich wußte, daß er am schnellsten von allen meine Entscheidung angenommen hatte. Drinnen herrschte eine heillose Aufregung. Meine Mutter und Oma konnten sich nicht einigen, ob sie das Fondue lieber in Suppe oder in Öl kochen wollten, Jakob sprang umher und verkündete allen, daß er der Weihnachtsmann sei und deshalb auf der Stelle noch Lebkuchen haben wolle und Anna versuchte verzweifelt ein Telefongespräch mit ihrem Freund zu führen, der die

Feiertage in Orlando verbrachte. Christoph ist wirklich ein netter Kerl, aber er hat die Gabe immer zu den unmöglichsten Zeitpunkten anzurufen. Wenn wir bei Tisch sitzen und das Telefon läutet, werden Wetten abgeschlossen, wer denn wohl dran sein könnte. Derjenige, der auf Christoph tippt, gewinnt meistens. Und, falls wir gerade einmal nicht essen, während er anruft, dann ist Anna mit Sicherheit in der Dusche, auf dem Dach, oder schlicht und einfach nicht zugegen. In diesem Moment bemühte sie sich also hektisch, die Meinungsverschiedenheit der Köchinnen zu schlichten, Jakob mit Hilfe von Keksen den Mund zu stopfen und Christoph den Eindruck zu vermitteln, daß sie ihn vermisse, aber trotzdem ein schönes und ruhiges Weihnachtsfest hätte; arme Anna. Wir drei Neuankömmlinge griffen sofort aktiv in das Geschehen ein. Mein Großvater redete Jakob ein, daß er auf nichts mehr Lust hätte, als auf eine Partie Mensch-ärgere-dich-nicht. So verschwanden die beiden in Jakobs Zimmer. Mein Vater überzeugte die beiden Frauen, daß es das Klügste wäre, einen Fondue-Topf mit Suppe und einen mit Öl vorzubereiten und Anna richtete uns schöne Grüße aus, nachdem sie erleichtert den Telefonhörer wieder auf die Gabel gedrückt hatte. Ich half Oma beim Tischdecken. Dabei fiel es ihr zum ersten Mal auf, daß ich noch kein Wort gesprochen hatte. Das konnte man ihr nicht übel nehmen, denn bis jetzt war sie anderweitig beschäftigt gewesen. Ich wußte im gleichen Augenblick wie sie wußte, daß ich noch kein Wort gesagt hatte, daß sie es wußte. Sie sah mich auf einmal mit einem komischen Seitenblick an. „Wenn du jetzt fragst, wie es mir geht, dann lasse ich die Messer fallen", dachte ich beinahe zornig bei mir. Ihre Fragen kamen jedoch etwas anders. „Du bist so still, Silvielein. Fühlst du dich nicht wohl?", fragte sie, aber ihr Tonfall war nicht besorgt, sondern fast sarkastisch, als wüßte sie die Antwort längst, wollte das Ganze aber noch einmal bestätigt haben. Gleichzeitig glaubte ich aus ihrer Stimme auch eine Hoffnung heraus zu hören. Die Hoffnung, mit der sich die Leute selbst belügen wollen, weil sie die Antwort schon kennen. Ich schüttelte den Kopf, deutete ihr, daß alles in bester Ordnung sei und fuhr fort die Servietten zu verteilen. Ich habe schon immer Servietten gefaltet. Ich kreiere für mein Leben gerne neue Serviettenfiguren, die ich dann bei jedem Anlaß, der sich mir bietet, vorführe. Figuren erfinden hat so etwas mitreißend Kreatives an sich, für mich jedenfalls. Manche Leute mögen darüber anderer Meinung sein.

Ich verteilte also in Ruhe meine neueste Kreation, ein zweifärbiges Stanitzel in das man das Besteck einwickeln konnte und hielt das Gespräch für beendet. Im Gegensatz zu meiner Oma. „Silvie", fuhr sie in einem strengen Ton fort. „Falls ihr euch einen Scherz mit uns erlaubt, dann finde ich das nicht besonders spaßig. Sag doch endlich etwas." Und ein wenig verunsichert fügte sie hinzu: „Es stimmt doch nicht wirklich, oder? Du hast doch nicht zu Sprechen aufgehört." Ich sah ein, daß eine Erklärung notwendig war. Also seufzte ich einmal tief, legte meine Servietten beiseite, drückte Oma auf einen Sessel und setzte mich ihr gegenüber ebenfalls hin. Meine Großmutter war vollkommen still und verfolgte jede meiner Bewegungen mit Argusaugen. Mittlerweile hatte ich eine Methode gefunden, den Leuten klar zu machen, daß ich stumm sei. Meine Hand hob sich langsam, als wäre sie nicht Teil meines Körpers, bis zum Schlüsselbein. Von dort wanderte sie bis zum Kehlkopf, den sie mit gespreizten Fingern umschloß. Dann war mein Kopf dran, sich zu schütteln und mein Gesicht, eine bedauernde Grimasse zu ziehen. Das hatten bis jetzt alle verstanden und auch meine Großmutter bildete da keine Ausnahme. „Kind, treib keine Scherze mit mir", versuchte sie einen letzten schwachen Protest. Meine Gesten wiederholten sich wie auf Knopfdruck von Neuem. Jetzt war es ihr unmöglich daran vorbei zu sehen. Plötzlich schneite Anna zur Tür herein und fragte, was hier für eine Begräbnisstimmung herrsche. „Diese Familie ist verrückt", brachte meine Großmutter hervor. „Ach so, wenn es weiter nichts ist", grinste meine Schwester zurück. „Das ist doch nichts Neues. Aber, darf man fragen, wie du neuerlich zu dieser Erkenntnis gelangen konntest?" Oma schnaubte verächtlich. „Sonst würdet ihr deine Schwester nicht ohne Stimme aufwachsen lassen", zischte sie. Anna wurde ernst. Sie kam zu mir und legte mir die Hand auf die Schulter. „Wir sind in deinen Augen vielleicht verrückt, doch auch das ist etwas Besonderes. Jede Familie ist anders. Wir sind eine besondere Familie und

Silvie ist ein besonderer Mensch. Sie hat sich aus freien Stücken dazu entschlossen, nicht mehr zu reden. Den Grund wissen wir zwar nicht, aber ich denke, wir vertrauen ihr alle. Und bis jetzt ist ja auch alles gut gegangen." Was genau Anna mit dem letzten Satz meinte, weiß ich bis heute nicht. Auf alle Fälle blickte uns Oma betreten an. Dann stand sie auf und watschelte Richtung Küche. Dabei murmelte sie: „Ich gehe eurer Mutter helfen. Warum, Silvie, warum...? Du bist doch ein gesundes, junges Mädchen. Vielleicht sage ich der Tamara besser gleich, daß der Albrecht keine Krensauce verträgt. Warum nur? Ich verstehe es einfach nicht. Was kann einen dazu bewegen, so etwas zu tun? Hoffentlich ist das Brot auch frisch." Mehr konnten wir nicht mehr hören, weil sie verschwunden war. Die Reaktion meiner Großmutter hatte mir zu denken gegeben. Mit welchem Recht nahm ich mir eigentlich die Freiheit, so etwas zu machen? Mit dem Recht des Lebens, über mich selbst bestimmen zu können? Ich weiß es nicht. Aber am allerwenigsten wollte ich am Heiligen Abend ins Grübeln verfallen. Zum Glück war gerade einer der wenigen Momente, in welchen man das Nachdenken ausblenden kann. So beendeten Anna und ich das Tischdecken. Als wir in die Küche kamen, trug uns meine Mutter auf, Jakob und Opa zu holen, damit wir uns alle um den Küchentisch versammeln und Weihnachtslieder singen konnten. Anna holte die Herren, ich besorgte unterdessen die Liederbücher, die während des Jahres ihr Dasein in Kartons im Keller fristen. Vollständig anwesend trällerten sie nun „Stille, Stille, kein Geräusch gemacht...", „Oh, du fröhliche..." und „Maria durch ein Dornwald ging". Die vorherigen Jahre hatte ich immer die Ehre gehabt, das Weihnachtsevangelium zu lesen. Dieses Mal stand das nicht zur Debatte. Wie vorher abgemacht, griff Anna ohne zu zögern zur Bibel, was mir wieder das Gefühl gab, etwas falsch gemacht zu haben. Doch ich unterdrückte meine Schuldgefühle und ließ mir nichts anmerken. Nach einem weiteren „Kling, Glöckchen, klingelingeling..." verschwand mein Vater, oh Wunder, heimlich, still und leise mit Kurs auf das Wohnzimmer. Zehn Sekunden später läutete schwach, aber deutlich hörbar eine kleine Glocke. Jakobs Augen begannen zu glänzen. Wie die aufgehende Sonne breitete sich ein verzücktes Kinderlächeln auf seinem Gesicht aus und seine Lippen bebten vor Aufregung. Zufrieden blickten wir ihn alle an. Er war unser Christkindl. „Na, Jakob, möchtest du nicht hinüber gehen und nachschauen, was das Christkind gebracht hat?", flötete mein Vater, der mittlerweile genau so plötzlich wieder aufgetaucht war, wie vorhin verschwunden. Das war der Startschuß. Mein kleiner Bruder flitzte in Richtung Wohnzimmer los und auch wir anderen folgten ihm, allerdings mit angemessener Langsamkeit. Da stand er, in einer Zimmerecke, wie jedes Jahr. Aber egal, wie oft ich diesen Moment schon erlebt habe, ich finde den Christbaum immer wieder umwerfend schön. Wir legen alle keinen großen Wert auf Lametta und billige, rosa

Plastikkugeln. Unser Baumschmuck besteht aus Strohsternen, kleinen Figürchen, Lebkuchen, Windbäckerei, roten Schleifen, handbemalten Gaskugeln und einem Strohengel auf der Spitze. Und natürlich Kerzen und Sterndlwerfer, die alles in dieses herrliche, festliche Licht tauchen. Nachdem wir den feuerspuckenden Baum alle ein paar Minuten atemlos angestarrt hatten, ließ sich meine Mutter an ihrem Piano nieder, Anna holte ihr Cello heraus, und sie sangen „Stille Nacht", „Oh, Tannenbaum" und noch einiges mehr aus unserem Weihnachtsrepertoire. In unserer Familie gibt es lauter gute Sänger. Wir besitzen alle eine kräftige Stimme (wenn wir sie benutzen), was aber bei weitem nicht heißt, daß wir richtig singen. Mein Vater, der sich selbst für einen begnadeten Sänger hält, hat in seinem ganzen Leben höchstens drei Töne, und das aus Zufall, richtig gesungen. Mein Großvater ist im Baß grundsätzlich zu tief, meine Großmutter hingegen konnte sich noch nie für eine Stimmlage entscheiden. Aber sie hat das Problem auf ihre Art gelöst. Sie erfindet zu jedem Lied eigene Noten, die sie trotzig mit unseren vermischt. Jakob hält sich, sobald er Musik hört, für einen Hahn und beginnt, sich sein Kinderstimmchen aus dem Leib zu krähen. Meine Mutter versucht verzweifelt die richtigen Noten im Sopran zu finden. Pech für sie, daß sie als einzige diesen stimmlichen Höhenflug schafft. Und würde ich auch noch mitsingen, dann käme noch eine Stimme hinzu, die jede zehnte Note falsch herausschleudert. Anna ist die einzige, die taub für unser

Katzengejammer ist, oder wenigstens tut sie so und konzentriert sich auf ihr Cello. Nach dem Singsang ist es bei uns so üblich, daß eine Schweigeminute für meine anderen Großeltern, die Eltern meiner Mutter, eingelegt wird. Sie sind bei einem Autounfall ums Leben gekommen, der allerdings schon Jahre zurück liegt. Ich glaube, ich war damals fünf, oder sechs Jahre alt. So ist es verständlich, daß ich kaum Erinnerungen an die beiden besitze. Das Einzige, woran ich mich deutlich erinnere, ist, daß mein Großvater nach Franzbranntwein gerochen hat, und meine Großmutter ständig eine braun-grün gestreifte Strickweste trug. Das ist nicht viel, aber immerhin etwas, woran ich in der Gedenkminute festhalten kann. Am Ende dieser Minute sagen die Erwachsenen irgend etwas. Einer über die Verstorbenen, ein anderer über dieses Weihnachtsfest. Aber diesmal überraschte uns Oma alle mit ihrer unvorhergesehenen Meldung. Denn nachdem meine Mutter etwas über ihre Eltern gesagt hatte und Jakob schon ungeduldig von einem Bein auf das andere hüpfte und Stielaugen in Richtung Geschenke machte, seufzte sie tief und sagte: „Und ich wünsche mir, daß der liebe Gott der Silvie die Stimme wiedergibt. Es ist nicht gerecht, daß so ein junges Ding schweigend durch sein Leben gehen muß." Wir starrten sie alle mit offenem Mund an. Hatte, oder wollte sie es nicht verstehen? Glaubte sie an einen Unfall, sah sie nicht ein, daß ich von mir aus das Reden eingestellt hatte? Als meine Mutter flüsterte: „Ja, Henrietta, das wünsche ich mir auch", da wäre ich am liebsten aus dem Zimmer gerannt. Meine Großmutter hatte nämlich sehr wohl verstanden, aber sie wollte in meinen Eltern die Schuldgefühle wecken. Nur ich hatte sie durchschaut. Sie erkannte meine Entscheidung nie richtig an, und ich denke, sie ist bis heute noch wütend darüber. Manche Menschen ändern sich eben nie.

14. September

Der lästige Schultrott hat mich wieder. Es ist natürlich noch nicht so schlimm, aber man kann schon die ersten Vorzeichen für ein anstrengendes Schuljahr fühlen. Eigentlich war bis jetzt alles wie immer. Nur, daß wir in der Klasse drei Neue haben. Martin ist durchgeflogen und er lebt sich am schnellsten ein. Er ist ein netter Kerl und versteht sich mit den meisten sehr gut. Stefan hingegen ist nicht im mindesten daran interessiert, sich nur irgendwie in die Klassengemeinschaft einzufügen. Für ihn ist es selbstverständlich schwieriger, da er aus einer anderen Schule kommt. Doch, daß einem die Umgebung so etwas von gleichgültig sein kann, ist mir direkt unbegreiflich. Er muß jetzt zwei Jahre mit diesen Leuten auskommen und man sollte meinen, daß das einem wichtig wäre. Ich kann mich noch erinnern, wie Nina in der zweiten Klasse zu uns kam. Sie hat sich von ihrer besten Seite gezeigt, wir ebenso, und alles hat gepaßt. Dafür, daß sie nebenbei noch meine beste Freundin geworden ist, muß ich ihr noch extra danken. Also, ich bin freilich immer noch gewillt, jemandem Neuen beim Einleben zu helfen, nur fürchte ich, ich sollte dieses Amt besser einem anderen abtreten. Es ist wahrscheinlich nicht sehr attraktiv, in seiner neuen Umgebung von einer Irren begrüßt zu werden, die sich einbildet, nur von Telepathie leben zu können. So sehe ich das jedenfalls, oder? Na ja, es gibt dann noch Tihana. Sie ist erst vor zwei Monaten, sprich zu Beginn der Ferien, mit ihren Eltern nach Österreich gekommen. Und zwar aus Dubrovnik, das an der dalmatinischen Küste liegt. Ich glaube, ich wäre auch unglücklich, wenn ich den Strand gegen das betonierte Festland tauschen müsste - das glaube ich nicht nur, da bin ich mir hundertprozentig sicher. Was der armen Tihana die Situation zusätzlich erschwert, ist, daß sie eben erst vor besagten zwei Monaten anfing, Deutsch zu lernen. Ich bin überzeugt davon, daß sie eine fleißige Natur ist, aber diese Sprache ist nun einmal verdammt schwierig. Niemand ist wirklich gewillt, sich mit ihrem Gestotter abzuplagen. Das ist gar nicht böse gemeint, es ist einfach Tatsache. Ich würde ihr so gerne helfen. Ich liebe es, anderen meine Welt zu zeigen und sie darin einzuführen. Aber das schaffe ich ja seit meiner Sprachverweigerung nicht einmal mehr bei mir schon vertrauten Leuten. Ich kann meiner Familie nicht erklären, sie soll sich in meine Situation versetzen und daraus ihre Schlüsse ziehen, wenn die Ursache überhaupt nicht in der Situation liegt, sondern in meinem Charakter selbst. Es ist zum Verzweifeln. Und dagegen, daß mir Tihana leid tut, kann ich auch herzlich wenig unternehmen. Wie heißt es so schön in manchen Liedertexten „Live has a funny way"? das Schicksal hat es wohl als Fingerzeig gesehen, mir dieses Mädchen zu schicken. Sie, die zwar sprechen kann, aber unsere Sprache nicht beherrscht, würde nichts lieber tun, als sich mit allen zu unterhalten und zu lachen und statt dessen hängt sie praktisch hilflos in der Gegend herum. Ich, die natürlich auch sprechen kann und der deutschen Sprache mächtig bin, weigere mich beharrlich, diese Eigenschaft zu nutzen. Yes, live has a funny way. Aber vielleicht weigere ich mich zu sprechen, eben weil ich diese Möglichkeit besitze. Ich meine, so dumm das klingt (wahrscheinlich wie alle Erklärungen, die ich bis jetzt gefunden habe), aber was ist, wenn ich im Unterbewußtsein eine abgrundtiefe, angeborene Abneigung gegen Deutsch habe. Und zwar so, daß ich im Grunde genommen nichts dafür, doch auch nichts dagegen unternehmen kann. Ich weiß aus Erzählungen, daß ich ein halbes Jahr lang in den USA, in Kalifornien gelebt habe. Mein Vater war als Austauschlehrer über den großen Teich gerufen worden und meine Mutter hatte ihre sieben Sachen, inklusive der dreijährigen Anna, gepackt und war mitgereist. Drei Monate später kam ich und sechs Monate darauf waren wir wieder in Österreich. Was wäre, wenn ich in meinem ersten halben Lebensjahr so viel Englisch gehört habe, daß ich Deutsch nicht als meine Muttersprache ansehe? Ich fühlte mich schon immer sehr zu der englischen Sprache hingezogen, ohne Witz, ehrlich. Vielleicht gibt es so etwas wie eine unbewußte Sprachverwurzelung, oder so ähnlich. Wer weiß?

16. September

In letzter Zeit ist es sehr ruhig geworden und das in vielerlei Hinsicht. Zum einen hat Jakob mit der Schule begonnen. Das heißt, daß selbst er nicht mehr soviel Zeit und Energie hat, anderen Leuten im Weg herumzustehen. Dann ist Anna wieder einmal für zwei Wochen irgendwo in der Buckligen Welt. Da meine Eltern beide berufstätig sind, sind auch sie selten zu Hause. Mein Vater wird voll und ganz von seinem Lehrerdasein an der HTL eingenommen, und meine Mutter hat in ihrer Praxis auch alle Hände voll zu tun. Sie ist Hautärztin und es scheint, als wäre die halbe Welt in dem letzten Monat an irgendwelchen Ekzemen, Ausschlägen, oder Melanomen erkrankt. In der Schule bin ich zur Einzelgängerin geworden, natürlich nicht gewollt. Aber wer spricht schon gerne mit einer Wand? Niemand, - und die Unterhaltungen mit mir haben große Ähnlichkeit damit. Selbstverständlich ist Nina noch meine beste Freundin, doch sie ist die einzige, die Notiz von mir nimmt. Die anderen müssen in mir eine geisterhafte Erscheinung sehen, so kommt es mir jedenfalls vor. Ich kann gehen und stehen wo ich will, ich kann jedes Gespräch mit anhören, jede Situation beobachten. Ich bin eben das wandelnde Gespenst, das niemand verscheuchen würde, gegen das im Grunde keiner etwas hat, aber mit dem sich eben niemand etwas anzufangen weiß. Wenn meine Klassenkollegen samstags weggehen, fragen sie mich nicht wie früher, ob ich mitkommen möchte. Die einzige Verbindung, die wir je hatten, war die Sprache und diesen Draht habe ich durchgezwickt. Zwischen Nina und mir existiert zwar noch eine Leitung auf einer anderen Ebene, aber sie hat auch noch die Kontakte zu den anderen. So kommt es, daß auch sie mich manchmal stehenlassen muß. Nein, ich rege mich darüber gar nicht auf, ich verstehe sie sogar. Sie kann nicht sämtliche andere Freundschaften sausen lassen, nur um mir beizustehen. Nachdem ich jetzt gezwungener Maßen soviel Zeit für mich selbst habe, denke und grüble ich noch mehr. In letzter Zeit ist mir vor allem Momo wieder in den Sinn gekommen. Ich glaube, ich habe sie schon erwähnt. Momo war unsere Katze. Eine süße, schwarze Hauskatze, mit einer weißen Pfote links hinten. Ja, Momolein, wenn du noch da wärst. Du würdest jetzt bei mir sitzen, deinen Kopf an meinem Knöchel reiben und den Weltrekord im Schnurren aufstellen. Dann würdest du auf den Tisch springen und dich quer über mein Tagebuch legen. Deine Krallen würdest du genüßlich aus- und einziehen und dein Schwanz würde in krassem Gegensatz dazu ruckartig peitschen. „Streichle mich doch endlich!" würden deine gelben Katzenaugen fordern. Ich würde meine Hand ausstrecken und du hingebungsvoll die Augen schließen. Wir hätten uns vollkommen verstanden, ohne einen Laut von uns zu geben. Ach Momo, warum fällst gerade du mir jetzt ein? Alles war blutig und du mitten darin. Es ist nicht gerecht. Dr. Grainer meinte doch, daß die Geburt glatt über die Bühne gehen müßte. Aber das einzige, was hinüber ging, warst du. Ich erinnere mich plötzlich detailliert an alles. Mein Gott, ist es nicht schlimm, wenn einem auf einmal Sachen einfallen, von denen man gedacht hat, daß man sie weiß, und daß sie einem nicht wie etwas Vergessenes erst wieder einfallen müssen. Ich hatte vergessen, daß die Decke, auf der Momo gelegen hat, blau-weiß kariert war, und daß das Zimmer noch die alte Tapete hatte. Merkwürdig, was einem so manchmal für Dinge einfallen. An diesem Tag also kamen wir alle fast gleichzeitig nach Hause. Meine Eltern von der Arbeit, ich aus der Schule, Jakob von seinem Freund und Anna von weiß Gott wo. Auf jeden Fall begrüßte uns unsere Katze nicht wie sonst, in freudiger Erwartung des Abendessens. Im Gegenteil, sie war nirgends zu finden. Dann bemerkte irgendwer, daß die Kellertüre offen stand. Wir stürmten alle auf einmal hinunter. Und unten angelangt, da sahen wir sie. Neben dem Hometrainer, auf dieser karierten Decke, nein, nein es war ein Handtuch, genau ein Handtuch, da lag sie, zusammengekrümmt und blutig. Unsere Momo war während der Geburt ihrer Kinder gestorben. Keines hatte überlebt. Es war ein furchtbar trauriges Bild, voll von grausamer Hilflosigkeit. Die Sekunden, die wir, unfähig uns zu rühren, neben unserer toten Katze standen, erschienen mir wie Stunden. Jakob war der erste, der die Stille brach. „Momo?" Bis jetzt hatte ich geschockt die

Situation noch gar nicht verarbeitet, aber dieses kleine Kinderstimmchen, das mit seiner ahnungslosen Unschuld dieses Wort, mehr als Frage aussprach, löste bei mir eine Verankerung. Als Folge kletterten Tränen in meine Augen und meine Kehle schien sich in eine Bleikugel verwandelt zu haben. „Momo ist jetzt im Katzenhimmel, mein Kleiner", würgte mein Vater hervor und strich Jakob mit der Hand über die Schulter. Auch er war, so wie wir alle, tief getroffen. Ich denke, wenn man auf den Tod vorbereitet ist, ist der Schmerz zwar nicht kleiner, aber wenigstens die Überraschung. Momo war uns in den letzten drei Jahren ein treues Haustier gewesen. Ihr Begräbnis fand am darauffolgenden Tag statt. In einer angemessenen Zeremonie begruben wir sie unter dem alten Tannenbaum, wo schon eine kleine Amsel und zwei Wüstenrennmäuse lagen. Den Vogel haben wir im Winter einmal erfroren aufgefunden und die Mäuse haben Anna gehört, bevor sie an Altersschwäche gestorben sind. Dort liegt also unsere Momo mit ihren Jungen. Ach, Momolein, vielleicht gehe ich dich schnell besuchen. Das habe ich schon lange nicht mehr gemacht. Bei dir ist es immer so friedlich und ruhig. Arme, tote Katze, du wolltest deinen Jungen das Leben schenken und das hat dich deines gekostet. Aber du warst mutig, so mutig. Ich selbst habe panische Angst vor dem Tod. Weniger vor dem tot sein, als vor dem Sterben. Im Grunde genommen habe ich aber einen Teil von mir schon getötet. Doch vielleicht nur, um mit dem Rest zu leben. Vielleicht erhoffe ich mir ein ewiges Leben, mit meiner Imitation von Steinen. Ja, alles was Laute von sich geben kann, ist für uns lebendig. Menschen, Tiere, auch wenn wir wissen, daß Pflanzen auf ihre Art leben, so ist das nur den wenigsten klar. Im allgemeinen Hinterkopfbewußtsein sind sie nichts Lebendiges, da sie stumm sind. Am extremsten sind da wohl die Steine, die nun wirklich nicht als lebendig bezeichnet werden können, sie sind es ja auch nicht. Aber hat man schon einmal davon gehört, daß ein Stein gestorben sei? Tiere, Pflanzen, Menschen können sterben, aber Steine? Steine erodieren, werden abgetragen, verändern ihre Form durch den Lauf der Zeit. Sie werden be- oder ausgegraben, aber sterben? Gesetzt den Fall, daß der Tod eine Abmachung mit dem Himmel getroffen hat, sich nur lebende Sachen unter den Nagel zu reißen, was wäre, wenn man sich tot stellen würde, um es nicht zu werden? Geht das denn überhaupt, und wenn ja, versuche ich es gerade? Ich bin ein Stein, ein harter, kalter Stein, aber in mir, tief verborgen, schlägt ein Herz aus Fleisch und Blut.

21. September

„Die Kunst des Zahnarztes besteht darin, so manches Übel an der Wurzel zu packen und auch nicht adeligen Patienten eine Krone zu beschaffen.“ Ein herrlicher Spruch, er hängt an der Tür des Warteraumes unseres Zahnarztes. Er springt mir jedes Mal ins Auge, wenn ich dort sitze und mir selber leid tue. Zu allem Überfluß habe ich das in den letzten Wochen sehr oft getan, gezwungenermaßen versteht sich. Ich glaube, jeder von uns hat eine kleine Zahnarztphobie, manche mehr, manche weniger.

„People watching" hat schon immer zu meinen Leidenschaften gehört und gerade in einem Wartezimmer einer Zahnarztordination kommen Leute mit diesem Hobby auf ihre Kosten. Es gibt grundsätzlich drei verschiedene Typen, die in solchen Warteräumen anzutreffen sind. Da hätten wir als erstes den coolen Typ. Diese Sorte versucht es mit mentaler Stimulation, lenkt sich erfolgreich ab, indem sie Zeitschriften liest, die sie im normalen Alltag verächtlich übersehen würde, oder sie versucht mit ihrem Gegenüber, das bereits eine Spritze bekommen hat und gerade noch im Stande ist mit einer völlig gelähmten Zunge: „Äa", „Aein" und „Anke" zu murmeln, ein Gespräch zu beginnen. Als zweites wäre dann das „Nerverl" zu nennen. Das „Nerverl" sitzt steif, wie ein Brett, auf seinem Sessel, total unfähig sich zu rühren. Es kann vor lauter Angst weder lesen, noch sonst irgend etwas tun. Wird dann der Name dieser Person aufgerufen, bohren sich die ohnehin schon verkrampften Finger noch einen Zentimeter tiefer in die eigenen Handflächen und das Gesicht wird so erschreckend weiß, daß es von der Wand nur durch einen leichten Grünschleier zu unterscheiden ist. Mit verdrehten Augen erhebt sie sich aus dem Sessel und wankt, einem Märtyrer gleich, Richtung Arztzimmer. Die dritte Art ist die, für die anderen anstrengendste. Es sind die Leute, die mit ihren kleinen Kindern dem Schauspiel beiwohnen. Der Nachwuchs tobt ungehindert zwischen allen Räumen herum und Mami oder Papi lassen ihn gewähren, solange das Kind nur ja keine Ahnung hat, was ihm blüht. Dann sind Mami oder Papi an der Reihe. Das Kind fällt aus allen Wolken und steht verängstigt, natürlich nicht in einem Eck, sondern allen im Weg herum. Es sieht zu, wie metallene Monster in den Mund seiner Begleitung hinein und wieder hinaus bugsiert werden. Nach der ganzen Prozedur soll es selber auf dem furchteinflößenden Sitz, den es schon aus Horrorfilmen kennt, Platz nehmen. Da es sich weigert, versuchen Erziehungsberechtigter, Zahnarzt und Assistenten in gleichem Maße das Kind mit allen nur erdenklichen Mitteln hinaufzubefördern. Hierzu sollte man wieder unterscheiden zwischen: a) der physischen Methode. Dabei packen alle gleichzeitig zu, um das Opfer zu überwältigen. Risiken und Nebenwirkungen: Bißwunden, blaue Flecken und Verrenkungen. b) der psychologischen Methode. Bei diesem Vorgang muß mindestens eine kinderliebende Assistentin im Raum sein. Diese fragt das Kind mit einer Stimme, Marke Kindergartentante, wer ihm denn die Haare so schön geschnitten habe. Mit zuckersüßer Stimme löchert sie noch zwei Minuten ohne Erfolg weiter. „Hat den herzigen Wuschelkopf die Mami geschnitten?" Das Kind bleibt stumm. Jetzt schaltet sich auch der Elternteil ein. „Na, sag der lieben Tante schon, wer dir die Haare geschnitten hat"– keine Reaktion – „Sag wer dir die

Haare geschnitten hat." Der Erfolg besteht meistens darin, daß Vater oder Mutter ihren Schützling anbrüllen, er solle doch endlich sagen, wer ihm die verdammten Haare geschnitten habe. c) der hinterhältigen Methode. Noch während ihre Eltern behandelt werden und sie zuschauen, wird den Kleinen eingeredet, wie lustig das doch sei und wie wenig es weh tue. Zur Demonstration bohrt der Zahnarzt wild im Mund des Erwachsenen herum. Dieser versichert dem Kind seinerseits, die Schmerzlosigkeit dieser Behandlung. Was das ahnungslose Geschöpf jedoch nicht weiß ist, daß Mama und Papa gar nichts spüren können, da sie sich die Kiefer mit teuren Spritzen haben betäuben lassen. An dieser Stelle wäre wohl noch d) die illegale Methode zu erwähnen. Dabei müssen die Eltern schon zu Hause ein wenig Beruhigungstabletten in das Essen ihres Lieblings mischen, sodaß selbiger die Behandlung praktisch im Halbschlaf verlebt. Noch schnell ein Schlußsatz zu diesem Thema: An alle Eltern dieser Welt! Wußten sie, daß Drohungen wie Ausgangssperre und Taschengeldentzug nicht zu psychologischen, sondern zu illegalen Methoden gehören?

Wie bin ich eigentlich auf den ganzen Zahnarztquatsch gekommen? Ach ja, durch meinen gestrigen Besuch bei Dr. Hallner, unserem Kariesritter. Normalerweise sind keine Leute in Dr. Hallners Wartezimmer (ich habe mich schon oft gefragt, ob unsere Familie wohl seine einzigen Patienten sind, an denen er sich eine goldene Nase verdient). Auf alle Fälle saßen gestern Personen der

Kategorie drei auf den unbequemen Sesseln, eine Mutter mit vier Kindern. Das Schauspiel, das die Fünf boten, konnte einem Tränen, sowie hysterisches Gelächter entlocken. Der Kleinste, ich schätze ihn auf drei Jahre, hatte offenbar den Entschluß gefaßt, Rennfahrer zu werden. Und um inzwischen zu üben, hatte er seinen Kinderwagen auserkoren, den er wie wild durch das ganze Zimmer schob, ohne Rücksicht auf Einrichtungsgegenstände oder Füße anderer Leute zu nehmen. Die Mutter, Mitte Dreißig, lächelte mich hilflos an. Ihr Gesicht schien zu sagen: „Nicht böse sein. Mein Engelchen ist ja noch so klein und süß, da soll man sie noch spielen lassen." Dazu, das alles laut auszusprechen, kam sie nicht, weil sie gleichzeitig noch ihrer Tochter klar machen mußte, daß es keine so gute Idee wäre, in diesem Raum Handstände zu üben. Das Mädchen, schätzungsweise sieben, wollte das nicht glauben. Sie probierte es trotz der Vorwarnung und haute sich kräftig den Unterschenkel an einem Regal an. Das sah sie als Anlaß, um in eine wahre Sintflut von Krokodilstränen auszubrechen. Damit sich das Kind wieder beruhigen solle, kramte die fürsorgliche Mutter eine Packung Chips hervor, die sie im Uhrzeigersinn zu verteilen begann. Nur ihr Ältester saß mißmutig daneben und mußte zusehen, wie sich die anderen die Bäuche mit Knabberzeug vollstopften. Daraus schloß ich scharfsinniger Weise, daß er der einzige Grund für diesen Familienausflug war. Am für mich gefährlichsten war jedoch der kleine Fünfjährige, der es unheimlich witzig fand, mich mit Lego-Steinen abzuschießen. Doch das bekam seine Mutter, glaube ich, gar nicht mit, da ihr zu diesem Zeitpunkt gerade der Formel1 Fahrer mit dem Kinderwagen über die Zehen gebraust war. Als die Türe sich öffnete und mir Dr. Hallners Assistentin freudestrahlend mitteilte, daß ich schon kommen dürfe, wäre ich ihr am liebsten um den Hals gefallen. Ich habe mich noch nie so sehr darauf gefreut, meinen Zahnarzt sehen zu dürfen. Aber natürlich war dieses Freudengefühl nur von sehr kurzer Dauer. Kaum hatte ich es mir auf dem Zahnarztsessel bequem gemacht, rauschte Dr. Hallner an und erklärte mir strahlend, daß es heute etwas länger dauern würde, da ich drei Löcher hätte. Dann beförderte er meine hilflose Person in die Waagrechte und begann, in meinem Gebiß herum zu fuhrwerken. Da ich mir meistens eine Spritze geben lasse, auch wenn es nur ein klitzekleines Loch ist, bin ich ziemlich gefühllos und, meiner Meinung nach, ein angenehmer Patient. Das einzige Problem, das sich nicht ändern läßt, ist der Kiefer. Mir erscheint es menschenunmöglich den Mund derart lange aufzureißen, ohne einen Krampf zu bekommen. Daher mache ich den Mund ganz unbewußt und völlig unabsichtlich immer weiter zu, was zur Folge hat, das Dr. Hallner und seine Assistentin abwechselnd alle dreißig Sekunden flehend „Ganz weit aufmachen" bitten. Ich habe keine Ahnung, ob das nur mir so geht, aber die Schmerzen im Kiefer sind die schlimmsten. Nach der ersten Viertelstunde habe ich Tränen in den Augen, nach der zweiten weiß ich nicht, ob das Licht flackert, oder ich ohnmächtig werde. Die darauffolgenden fünfzehn Minuten bin ich nahe an hysterischen Lachanfällen, und den Rest der Behandlung verbringe ich in einer Art Delirium. Die Assistentin muß meinen Kiefer im Schraubstock halten, damit er sich nicht selbständig macht. Einmal habe ich mich schon an ihr gerächt. Ich habe sie (unabsichtlich) in den Finger gebissen. Das war beim Zahnröntgen. Sie hat ein Plättchen mit einem Finger in meinen Mund geschoben und mir gesagt, daß ich es selber festhalten solle. Nun, festhalten heißt für mich beim Zahnarzt immer zubeißen. Und so habe ich, anstatt meinen Finger auf die Platte zu drücken, ihren angeknabbert. Das war bis jetzt mein lustigstes Zahnarzterlebnis.

Irgendwo habe ich einmal die These eines Forschers gelesen, welche aussagte, daß sich alle Leute vor dem Zahnarzt fürchten, weil sie unterwürfig auf dem Sessel festsitzen und ihm die Kehle darbieten müssen. Das klingt, als wären wir Wölfe. An und für sich habe ich diese Behauptung immer für sehr an den Haaren herbeigezogen gehalten. Doch jetzt fällt mir noch etwas nicht Unrealistisches ein. Vielleicht gehe ich nicht gerne zum Zahnarzt, weil ich dort den Mund öffnen und von einer fremden Person inspizieren lassen muß. Ich fühle mich jedesmal wie ertappt. Vielleicht spreche ich deshalb generell nicht, um meiner Umwelt mein innerstes Ich nicht preiszugeben. Ich habe schon seit ich denken kann alles Mysteriöse geliebt und „Geheimnis" war für mich das schönste Wort der deutschen Sprache.

Ich habe mich selbst immer als eine Art geheimnisvolles, undurchsichtiges Wesen gesehen, das ich vielleicht eben gerade durch meine Stummheit bin.

28. September

Gott, bin ich froh, daß dieser Tag vorbei ist. Ich bin vollkommen fertig, ich glaube, das liegt am Wetter. Es ist plötzlich kalt und windig, ein unbarmherziger Regen fällt von früh bis spät und oft kommt noch ein Herbstnebel hinzu, der so dicht ist, daß man ihn fast angreifen kann. Zu allem Überfluß habe ich mir auch noch eine gewaltige Verkühlung zugezogen. Wochenlang hat es rund um mich geschnupft und gehustet und ich bin kerngesund geblieben. Aber auf einmal, von heute auf morgen, habe ich eine leuchtend rote Nase, und ich hätte sicherlich eine Stimme wie Donald Duck, herrlich. Deshalb ist für mich heute das Schwimmtraining ausgefallen, was auch nicht gerade dazu beigetragen hat, meine Stimmung zu heben. In der Schule hatten wir zwar nur lächerliche vier Stunden, aber die hatten es in sich. Außerdem waren heute alle irgendwie aufgekratzt, sodaß uns die Lehrer zur „Nachholung versäumten Unterrichtsstoffes" die doppelte Aufgabe als Geschenk gemacht haben. Das einzig Positive, das dieser Tag zu vermelden hat, war die unerwartete Sitzung mit McMoraine. Wie gesagt, ich konnte nicht schwimmen gehen, also hat meine Mutter den Doktor angerufen und ihn gebeten, ausnahmsweise heute mit mir vorlieb zu nehmen, da ich morgen auf Grund eines Zahnarzttermins (juhu!) sowieso keine Zeit hätte. Ich glaube, McMoraine hatte am anderen Ende der Leitung die Zustimmung noch nicht beendet, da packte sie mich schon in eine warme Jacke und ins Auto. Fünf Minuten später saß ich in drei warme Decken gekuschelt, mit einem brennend heißen Zitronentee in der Hand auf meinem Lieblingssessel in der Praxis. Im Kamin flackerte ein angenehmes Feuer und überhaupt war alles unheimlich gemütlich. Auch meine Chauffeuse hatte dieses Flair gespürt, als sie mich ablieferte. Man sah ihr an, daß sie am liebsten geblieben wäre, doch das hat Dr. McMoraine (zum Glück) verboten. Niemand aus der Familie, noch nicht einmal Anna, durfte bei unseren Seancen anwesend sein. Das war eine Sache des Vertrauens, wie der Doktor meinen Eltern gleich am Anfang erklärt hatte. Manchmal frage ich mich, wie grenzenlos ihr Vertrauen in ihn wohl wirklich ist, denn Fortschritte habe ich ja bis jetzt noch keine gezeigt, oder? Jedenfalls ist mir diese traute Zweisamkeit ohnehin lieber, da ich manchmal überrascht, ehrlich von mir selbst überrascht bin, welche intimen Gefühle und Gedanken ich McMoraine preisgebe. Natürlich darf man sich das nicht wie einen Kaffeeklatsch vorstellen. Ich schreibe auf der bereits bekannten Tafel und McMoraine liest meine Sätze, analysiert sie und gibt seine Statements ab. Keiner von uns findet das umständlich. Es ist einfach eine andere Art der Kommunikation, von der er ebenso fasziniert ist wie ich. Denn alles läßt sich selbstverständlich nicht auf eine Tafel kritzeln. Viele Gedanken müssen auf dem telepathischen Weg übertragen werden. Doch heute schien er gar nicht darauf erpicht zu sein, mich zum Schreiben zu bringen. Ja, er war sogar so in sein eigenes Philosophieren vertieft, daß er mich zu vergessen schien. Alles fing mit dem Tee, nein dem Telefon, oder nein, es fing mit Shirley an. Als meine Mutter mir erzählte, sie habe am Telefon mit Dr. McMoraine gesprochen, kam mir das schon seltsam vor. Für Büroaktivitäten war doch eigentlich seine Schwester zuständig. Aber ich dachte nicht viel weiter darüber nach, bis der große Meister höchstpersönlich die Türe öffnete. Er mußte wohl meinen überraschten Blick bemerkt haben. Seine Antwort kam prompt: „Shirley ist leider krank." Meine Augen ertranken in einem bedauernden Ausdruck, aber mein Herz schlug einen Salto mortale. Nicht daß ich irgend jemandem wünschen würde, krank zu sein, aber so blieb mir Shirleys eiskalte, befehlende Art wenigstens heute einmal vom Leib. Zwar sah ich die Gute immer nur beim Betreten und Verlassen der Praxis, und wenn sie uns Tee servierte, doch in eben diesen Sekunden wünschte ich sie nach Irland, oder sonst wohin. Ihr unsympathischer Charakter war der einzige Schatten bei meinen Besuchen. Aber heute war ich von ihr befreit worden und so kam es, daß McMoraine, kaum daß ich mich gesetzt hatte, schon wieder aufsprang, um sich um den mittlerweile obligatorischen Tee zu kümmern. Fünf Minuten später erschien er wieder mit einem Tablett, auf dem sein Schwarzer-, mein Früchtetee und eine Schale Kekse balancierten. Während er es abstellte, sagte er entschuldigend: „Es hat leider einen Augenblick länger gedauert, aber ich wußte nicht, wo Shirley die Kekse versteckt hatte." Als er diesen Satz beendet hatte, war sein Gesichtsausdruck verwirrt und seine Augen nachdenklich nach innen gekehrt. Ich fragte mich schon, ob ich etwas falsch gemacht hätte, da er völlig weggetreten das Tablett einfach aufhob und mir in die Hand drückte. Der konfuse Arzt ließ sich mir gegenüber nieder und begann zu murmeln: „Hast du schon einmal darüber nachgedacht...?" Worüber sollte ich nachgedacht haben? Über die Angewohnheit seiner Schwester, das Naschzeug zu verräumen? Er hörte meine stumme Frage. „Ich meine, nicht über die Kekse, sondern über dieses Ding, den Augenblick." Der sonst so gelassene Ire begann wie ein aufgeregtes Kind auf dem Sofa hin und her zu wetzen und blieb aber gleichzeitig doch der ernste Denker. Als er wieder zu sprechen anhob, glaubte ich mich einem griechischen Philosophen gegenüber. „Was ist das eigentlich, ein Augenblick? Wenn ich eine andere Person warten lassen muß, dann sage ich zu ihr: Einen Augenblick, bitte. Nur, wie lange meine ich damit eigentlich? Oder ist das ein relativer Begriff? Aber, es heißt doch immer, nichts ist relativ, oder alles ist relativ? Wenn man von der Sprachentwicklung und der Grammatik ausgeht, dann müßte man feststellen, daß es sich um ein zusammengesetztes Wort handelt. Das Auge und der Blick, oder gehört der Blick zum Auge? Mit etwas Anderem kann man ja an und für sich nichts erblicken, rein physisch gesehen. Da, schon wieder: physisch gesehen. Also doch das Auge. Nehmen wir an, die Leute, die dieses Wort, Augenblick, „erfunden" haben, haben genau das gemeint, das Zucken einer Wimper, nicht einmal eine Sekunde. Doch wenn ich jemandem länger in die Augen schaue, ist das dann auch ein Augenblick, oder nur ein Blick mit den Augen. Wenn sich zwei Verliebte in die Augen sehen und dann seufzen: Ach, ich wünschte, dieser Augenblick würde ewig dauern, meinen sie ohne zu denken diesen Moment, sind aber der Wahrheit mit dem Blick viel näher, als sie annehmen." McMoraine sah mich mit glasigen, verträumten Augen an. „Ich habe da einmal ein Gedicht gelesen, vielleicht kennst du es. Es heißt „Augenblick". Warte, ja, wie ging es doch gleich? Gott, wie schnell man etwas vergessen kann. In einem Augenblick hat man es noch, und im nächsten ist es verschwunden." Er lächelte über sein Wortspiel. Ich schlürfte den letzten Rest meines Tees. Ob mir von selbigem oder von McMoraines Phantastereien so wohlig warm war, wußte ich nicht. Ich wünschte, er würde mir das Gedicht vortragen. Es hätte gerade so schön zu meiner Stimmung gepaßt, leicht, weich, wohlig, schwebend, wie von einer anderen Welt. Ich habe Gedichte schon immer sehr gemocht, da sie, meiner Meinung nach, sowohl etwas preisgeben, als auch etwas in einem wecken. Bis jetzt hatte ich es genossen, diesem verwirrenden, gedanklichen

Höhenflug zu folgen. Plötzlich, ohne Vorwarnung, legte der Doktor los:
„Augenblick
Meine Augen, rastlose Forscher,
Die die Deinen suchen.
Du hebst den Kopf,
Unsere Blicke treffen einander.
Einen Augenblick lang
Sind unsere Gedanken eins.
Ein Lächeln umspielt die Lippen.
Dann ist es vorbei.
Der Augenblick vergeben,
Die Lider geschlossen."

Nachdem seine Stimme verstummt war, versank ich in romantischen Träumereien, die dieses Gedicht zweifellos herauf beschwörte. So wie ich einen Hang zur Mystik, Dramatik und vielen anderen Sachen habe, so habe ich ihn auch in Richtung Romantik. Romantik zeigt sich nicht offen, nur wer sie vorsichtig sucht, wird sie finden. Und dieser kurze Vers schien mir eben zart genug, um die spinnwebenen Seiten der träumerischen Hingabe anzuzupfen. McMoraine war ebenfalls in Schweigen versunken. Als ich ruckartig zu meiner Tafel griff, schreckte er, wie aus einem Tiefschlaf, auf. Er überschlug die Beine und sah mir erwartungsvoll zu. Dann gab ich ihm das schwarze Brett und lehnte mich zurück. „Natürlich kann ich dir das Gedicht aufschreiben", antwortete er mir auf meine schriftliche

Frage. „Ich habe gewußt, daß es dir gefällt." Dr. McMoraine lächelte (was sonst?), ging zu seinem Schreibtisch und kritzelte die paar Zeilen auf ein Stück Papier, von dem ich es gerade abgeschrieben habe. Sobald er mir diesen Zettel feierlich übergeben hatte, meinte er, daß es für heute wohl besser sei, Schluß zu machen, da ich müde aussehe, und ohnehin noch halb krank wäre. Mir war das nur Recht, denn ich wollte in Ruhe denken. Nachdem ich mich von den Decken in den Mantel transferiert hatte, machte ich mich zu Fuß auf den Heimweg. Meine Mutter anzurufen hatte ich keine Lust. Denn, was gibt es erfrischenderes und gehirndurchputzenderes als eine kühle Herbstbrise. Dafür, daß meine Mutter einen Tobsuchtsanfall bekam, als sie mich in dem nebeligen Nieselregen vor der Tür stehen sah, kann ich nichts. Und daß sie mich sofort unter die Dusche schickte, war für mich keine Strafe, sondern eine Wohltat, denn was tut einem denkenden Hirn besser, als ein warmer Wasserstrahl, der der Reihe nach alle Körperteile wieder auftaut und funktionsfähig macht. Ach, es ist so herrlich, in Gedanken über Dr. McMoraines Äußerungen versunken zu sein. Ich schwebe auf einer Welle des Lichtes, doch ob ich auch jemals zur Erleuchtung gelangen werde?

7. Oktober
Happy birthday to me. Wieder ein Jahr älter (und hoffentlich gescheiter). Kinder, wie die Zeit verfliegt, da kommt man vor siebzehn Jahren ganz unschuldig auf die

Welt und plötzlich, so mir nichts dir nichts, steht man vor der Türe mit der Aufschrift: Erwachsene. Aber ich darf mich nicht beklagen. Mein Leben war bis jetzt glücklich (Gott, wie oft habe ich geweint) und erfüllt (die Liste, auf der die Dinge stehen, die ich noch unbedingt in diesem Leben machen muß, ist grob geschätzt vier Kilometer lang). Ja, ja, life is hard but not fair (wenn ich den in die Finger kriege, der diesen Spruch erfunden hat, dann...!). Heute bin ich also siebzehn Jahre alt, man erwartet von mir, daß ich wie eine Erwachsene denke und handle. Also, fassen wir zusammen. Ich bin einseinundsiebzig groß, habe Schuhgröße zweiundvierzig und weigere mich zu sprechen. Das klingt, wenn ich ehrlich bin, eher nach einem Fall für die Psychiatrie (ich will damit nicht sagen, daß ich Erwachsene für Psychopathen halte). Oh, ich vergaß, ich bin bereits unter Behandlung. Ach, Dr. McMoraine, könnten Sie das hier lesen, Sie würden mich als hoffnungslosen Fall abstempeln. Nein, ich sehe mich selbst nicht als verloren, ich habe nur gerade meine sarkastisch-ironische Ader getroffen. Ehrlich, ich bin nur so gut in Fahrt, weil einfach der gesamte Tag ein voller Erfolg gewesen ist. Das hat schon beim Aufstehen angefangen. Ich habe, ohne auch nur eine Sekunde zu zögern, gewußt, was ich anziehen will. Auf dem Weg zum Frühstück habe ich eine entfernte Ähnlichkeit zwischen Anna, unserer Schönen, und mir festgestellt (ein bißchen Eitelkeit steht jedem zu) und bei Tisch gab es Toast und Waffeln. Alle haben mir herzlichst zum

Übertritt in ein neues Lebensjahr gratuliert und sich darum gerissen, wer mich in die Schule fahren darf (außer Jakob natürlich). Anna hat gewonnen und so wurde ich der morgendliche Aufwacheffekt für die gesamte Schule, als wir mit quietschenden Bremsen und einer zwei Meter langen Bremsspur direkt vor der Eingangstüre hielten. Im Klassenzimmer wartete bereits eine Geburtstagstorte á la Nina und viele feuchte Händedrücke auf mich. Von Nina selbst bekam ich außer der Torte noch eine Kette und ein Buch über Astrologie und Horoskope. Die Lehrer waren alle so gütig, meinen Geburtstag zu bemerken und mich einen Tag lang in Ruhe zu lassen. Nach dem letzten Läuten stand bereits wieder der VW-Golf einer mir lieben Ralley-Fahrerin, alias meine Schwester, vor dem Gebäude, um mich ins Restaurant zu entführen. Wir hatten uns heuer für mexikanisch entschieden, um dem ewigen chinesischen Geburtstagsessen ein Ende zu setzen. Die ganze Familie war bereits im Lokal, als wir eintrafen. Meine Eltern, Jakob, die Großeltern und (zum Glück) keine Philli-Tant, stürmten auf mich zu, um mich in einer Flut von schmatzenden Glückwunschküssen zu ertränken. Da es ihnen nicht so wirklich gelang, begannen sie mich mit Geschenken zu überhäufen. Als ich nach Luft japste, weil ich mich vor lauter Paketen nicht mehr rühren konnte, zwangen sie mich, selbige zu öffnen. Ich habe mich über jedes einzelne Geschenk so gefreut, daß ich es gar nicht beschreiben kann (es also auch nicht weiter tun werde). Von meinem Vater bekam ich ein Parfum mit einem wunderbaren Duft und einem schwer auszusprechenden Namen, von meiner Mutter einen blaugrau geringelten Schal und von beiden zusammen eine neue Uhr (schlichte Eleganz, keine weiteren Beschreibungen notwendig). Von meinen Großeltern kam eine neue Schreibtischlampe (Designerlook) und von der Philli-Tant, die seit Jahren schon bei meinem Geburtstag nicht mehr anwesend war, wurden mir in Vertretung ein Kaktus und ein Tausender überreicht. Jakob schenkte mir eine Zeichnung, auf der ich gerade die Schwimmolympiade gewann und Anna zauberte eine CD, einen silbernen Ring und, mit einem Augenzwinkern, einen Block hervor. Niemand hielt die Luft an, feuerte auf sie oder auf mich verletzende Blicke ab, es war ganz anders als letztes Jahr. Am liebsten hätte ich meinen sechzehnten Geburtstag aus meinem Leben gestrichen, aber was einmal passiert ist, ist nun einmal geschehen. Es war, wie jeder Geburtstag ein Verwandtentreffen. Nur, daß das Geburtstagskind stumm war und sich alle in gezwungener Freude untereinander unterhalten mußten. Als meine Großmutter dann zu mir kam, mir über die Wange streichelte und zirpte, daß so ein großes Mädchen wie ich sich doch vor nichts zu fürchten brauche, da war ich knapp dran ihr mit meinem Lieblingsnagel über das Gesicht zu fahren. (Zum Glück habe ich es nicht getan. Ich glaube, ich hätte damit den 3. Weltkrieg heraufbeschworen.) Dieses Jahr also haben sich alle zusammengerissen. Sie wollten mich zumindest glauben lassen, daß ihnen mein Sprachzustand egal wäre. Ich denke, ich habe sie durchschaut, finde aber trotzdem, daß das eine rücksichtsvolle und freundliche Geste war. Sobald sich meine Großeltern an die Situation gewöhnt hatten, wurden wir eine ganz nette Runde. Mein Vater versuchte auf spanisch zu bestellen, was bei dem Kellner und Anna krampfhafte Lachanfälle auslöste. (Anna, unser Wunderkind, spricht natürlich fließend spanisch, so wie englisch und französisch.) Daraufhin fielen meinem Großvater lauter Witze ein und meine Großmutter steuerte Geschichten aus dem Flegelalter meines Vaters bei. So vertrieben wir uns die Zeit bis zum Essen. Nachdem wir sämtliche Fajitas, Enchilladas, Tortillas und Nachos mit Guacamole und Ähnlichem hineingestopft und das ganze noch mit Zuckerbrot und gebackener Milch vermischt hatten (vermischt natürlich erst im Magen), stellten wir fest, daß wir wohl für immer in diesem Restaurant bleiben müßten, da wir uns nicht mehr von der Stelle bewegen konnten. Doch meine Mutter bestand darauf nach Hause aufzubrechen, um dort die Geburtstagstorte anzuschneiden. Sie anschließend auch noch hinunterzuschlucken, kostete viel Mut, denn der Magen hätte ja jederzeit platzen können. Aber wir hatten viel Spaß dabei, uns gegenseitig zu versichern, wie voll wir schon wären, um anschließend noch ein Riesenstück auf unseren Teller zu schieben. Nach einer Stunde war uns allen schlecht, sodaß wir zur Schnapsflasche griffen. Sogar Jakob wurde damit abgefüllt. Jetzt kann sich wohl jeder vorstellen, daß unsere kleine Gesellschaft noch heiterer wurde. Mein Vater kam auf die Idee Limbo zu tanzen und Anna holte eine Besenstange aus dem Keller. Einer hielt diese, während die anderen sich zu einer karibischen Musik darunter hindurch bogen. Auch meine Großeltern waren Feuer und Flamme. Allerdings gaben sie als erste auf und baten uns, doch etwas weniger Kreuzverrenkendes zu machen. Anna schlug vor, von der Autobahnbrücke Bungy-jumping zu machen, da bei dieser Übung das Kreuz kaum belastet würde. Der Vorschlag wurde sechs zu eins abgelehnt. Statt dessen suchten wir sämtliche Gesellschaftsspiele unseres Hauses zusammen. Wir verbrachten also den restlichen Nachmittag damit, uns auf dem Spielbrett zu bekämpfen. Zwischendurch, zur Gedankenauflockerung, tanzten wir quer durchs Wohnzimmer. Ich glaube, wenn jemand zufällig durch das Fenster geschaut hätte, wir säßen jetzt alle in der Psychiatrie, mit einem kleinen Vermerk um den Hals: Hoffnungsloser Fall. Wenn ich an letztes Jahr denke, wo wir alle krampfhaft um den Tisch gesessen sind, mit starren Augen die Torte gegessen haben und über die Blinddarmoperation von meiner Tante diskutierten (ich habe mich natürlich nur auf das Torteanstarren konzentriert), da ist mir dieses Jahr hundert Mal lieber. Doch woher dieser plötzliche Wandel kommt, kann ich mir nicht erklären. Und ich will es auch gar nicht wissen. Vielleicht haben sich ja jetzt wirklich alle damit abgefunden? Das glaube ich zwar nicht, aber es wäre schön.

So gegen halb acht verabschiedete sich die Verwandtschaft. Stille kehrte in unser Haus ein, doch schon eine Stunde später sollte auch die wieder dahin sein. Nina kam, als Überraschungsgast des Abends, um mich mit Anna ins „Mühlrad" zu schleppen. Das „Mühlrad" ist ein Lokal, eine Viertelstunde von uns zu Hause, im Zentrum gelegen. Dort treffen fast täglich alle Jugendlichen aus vier Kilometer Umgebung zusammen. Es ist eine fest geschlossene Gesellschaft und nur wer immer dabei ist wird als Insider akzeptiert. Es wird viel getrunken, noch mehr geraucht und massenhaft viel geplaudert. Ich habe eine Abneigung gegen Alkohol und verstehe niemanden, der sich grundlos zuschüttet. Rauchen ist eine Sünde, dieser Satz wurde in der Bibel vergessen. Eigentlich bin ich sonst kein so ein Moralapostel, aber was diese zwei Sachen betrifft... Also, ich braves Mädchen, ich rauche nicht, trinke nicht, ich spreche nicht, was habe ich dort verloren? Früher bin ich öfters dort gewesen, mit Nina und ein paar anderen, dank meiner leichten Kommunikationsschwierigkeiten habe ich mich dort immer ausgeschlossen gefühlt. Wer will schon mit so einer faden Nocken wie mir herumhängen? Doch heute waren alle wie verwandelt. Ob es daran lag, daß ich Geburtstag hatte, oder daran daß ich mit Nina und Anna zusammen war, oder ob es überhaupt einen anderen Grund hatte, weiß ich nicht. Jedenfalls waren alle derart um mich bemüht, unglaublich. Ich meine, auf eine ehrliche Art und Weise. Hätten sie sich nur verstellt, hätte ich es sicherlich gemerkt. Ich kenne sie alle viel zu gut, und das wissen sie. Martin, der unfreigiebigste Barkeeper der Welt, spendierte mir einen Malibu-orange und Nina hatte dafür gesorgt, daß er mir meinen Lieblingsplatz frei hielt. Besagter Platz befindet sich in der hintersten Ecke des Lokals zwischen einer Plastikpalme und einer Jukebox. Man kann von diesem Punkt aus alles und jeden beobachten, vielleicht ist er mir deshalb so lieb. Man hat praktisch die Kontrolle über den ganzen Raum. Die Tische gehen strahlenförmig aus diesem Eck hervor, die Bar ist fast genau gegenüber und durch das Fenster am anderen Ende kann man ein paar Speichen eines großen Mühlrades erkennen. Dieses Rad hat dem Lokal ja auch zu seinem Namen verholfen. Der Besitzer hat es von seiner Großmutter geerbt und wußte damit nichts besseres anzufangen, als es vor sein Haus zu stellen. Das war die beste Idee, die er je hatte. Früher war der Betrieb immer am Rande des Konkurs entlangbalanciert. Aber seit der Eigentümer das Ganze zu Ehren des Mühlrades umgetauft, den alten Barkeeper gefeuert, Martin eingestellt und die gesamte Innenausstattung verbessert hat, läuft alles wie am Schnürchen. Ich bin ja heimlich der Meinung, daß das an der Renovierung der Toiletten liegt. Denn, wer geht schon gerne auf ein Klo, dessen Spülung nur jedes dritte Mal funktioniert, man die Tür, falls es überhaupt eine gibt, mit der einen Hand ständig zuhalten muß, weil sie kein Schloß hat, aus dem Wasserhahn ein brauner Saft kommt, und einem beim Verlassen dieses Ortes eine Ratte über die Zehen läuft?

Zum Glück sind die Zeiten dieser schauderhaften Einrichtungen jetzt vorbei. Schlichte Fliesen, Seife, Türschlösser, mehr hat es noch nie gebraucht. Aber eigentlich wollte ich mich nicht über die ehemaligen Zustände der WCs auslassen, sondern eher über den heutigen Abend. Doch selbst da scheint mir schon alles geschrieben. Er war, alles in allem ein großer Erfolg und ich bin Nina und Anna unendlich dankbar. (Mir fällt gerade auf, daß beide einen Namen tragen, der nur aus vier Buchstaben besteht, aber das kann ja wohl kaum der Grund für meine Sympathien sein.) Ich glaube, ich gehe jetzt schlafen. Ich bin hundemüde. Gute Nacht, Geburtstagskind, träum etwas Schönes.

15. Oktober
Ich habe heute ein Gedicht gelesen, das meine letzten Stunden sehr gut beschreibt. Es ist von Eugen Roth und heißt „Sprichwörtliches". Der Inhalt war ungefähr dieser:

Ein Mensch bemerkt mit bitterm Zorn,
Daß keine Rose ohne Dorn.
Doch muß ihn noch viel mehr erbosen,
Daß sehr viel Dornen ohne Rosen.

Zur Erklärung, ich sehe mich in diesem Fall nicht als der oben genannte Mensch, sondern als den Dorn ohne Rose. Oder besser, meine Mutter sieht mich so. Sie hat es mir ja heute deutlich genug gesagt, wir hatten nämlich eine kleine Meinungsverschiedenheit. Oh ja, auch stumme Leute können in einem gewissen Sinne „zurück reden", sodaß ein Streit entsteht. Es war eigentlich nur eine Kleinigkeit, aber gerade die sind der häufigste Grund für Auseinandersetzungen. Ich bin von der Schule nach Hause gekommen, habe meine Schultasche wie immer in eine Ecke des Vorzimmers gefeuert und bin in die Küche marschiert, um die Hausfrau zu begrüßen. Dazu muß man wissen, daß meine Mutter Donnerstags ihren freien Tag hat, an dem sie immer für uns kocht. In der Küche also, saß Jakob schon ungeduldig auf seinem Sessel, klopfte mit dem Besteck auf die Tischplatte und verlangte gefüttert zu werden. Die große Meisterin selber war noch mitten im Jonglieren mit verschiedenen Zutaten, versicherte aber, in fünf Minuten fertig zu sein. Ich sollte mir die Hände waschen, meinen Bruder abstellen und dann die Getränke holen. Meine erste Reaktion war ein Kopfschütteln. Als mich meine Mutter mit einem mißtrauisch fragenden Blick anschaute, zückte ich meinen Block und schrieb ihr lang und breit, daß ich das alles zwar machen werde, doch nicht zu essen gedenke, da ich bereits mit Nina in der Pizzeria gewesen sei. Wir hatten eine Stunde früher ausgehabt und beschlossen, uns eine Pizza zu gönnen. Ihre Augen froren förmlich ein. Sie weiß, daß wir wissen, daß sie es auf den Tod nicht ausstehen kann, wenn sie etwas kocht, und wir mit einer fadenscheinigen Ausrede ankommen, warum wir keine Lust zum Essen hätten. Das zu tun, wagte selten jemand, aber ich war so pappsatt von der

Pizza Cardinale, ich hätte noch nicht einmal mehr ein Salatblatt hinuntergebracht, geschweige denn einen Teller voll Eiernockerl. Ich habe gemerkt, wie sie langsam aber sicher wütend geworden ist. Da ich weiß, daß jeder in der Familie weiß, daß ich Familienstreitigkeiten zwar nicht ausstehen kann, sie manchmal aber geradezu herausfordere, bin ich demonstrativ aufgestanden, habe alle von mir verlangten Aufgaben erledigt und mich wieder hingesetzt, als ob nichts wäre. Da ich ja weder eine freche Antwort, noch sonst irgendeine abfällige Bemerkung gemacht hatte, hatte sie praktisch nichts, worüber sie sich aufregen konnte. Oder doch? „Nur weil du nicht mit mir reden willst, heißt das noch lange nicht, daß du dir auch sonst alles erlauben kannst." Sie knallte Jakob seinen Teller vor die Nase, so daß er ganz erschrocken zusammenzuckte und sich nicht zu essen traute. Mein Blick war kühl, ihrer war eisig. Ich griff nach meinem Glas, schenkte mir einen Schluck Mineralwasser ein, kippte ihn hinunter und stellte das Glas wieder an seinen Platz. „Ich sag dir, werde ja nicht frech. Das kann man nämlich auch ohne den Mund dabei aufzumachen." Wie recht sie doch hatte. Ich schlug die Beine übereinander und sah ihr ins Gesicht. In meinen Augen sprühten Funken, in ihren loderte ein Waldbrand. „Na gut, wenn du sowieso keinen Hunger hast, dann kannst du gleich dein Zimmer aufräumen gehen. Ich wollte mir heute früh meine Bluse zurückholen, die du mir vor zwei Wochen entführt hast und dabei bin ich in deinem Chaos fast erstickt. Wie kann man nur so schlampig sein? Bist du siebzehn, oder sieben? Andererseits, mit sieben könntest du noch nicht so viel Mist in deinen vier Wänden gesammelt haben." Das war unfair. Ja, in meinem Zimmer herrschte grundsätzlich ein heilloses Durcheinander, das war schon fast ein Naturgesetz. Aber hätte ich etwas gegessen, wäre sie nie darauf zu sprechen gekommen. So wollte sie sich nur an mir rächen. Beharrlich schwieg ich sie an. Mein Blick war lähmend, ihrer war tödlich. Ich wußte genau, wenn ich nicht innerhalb der nächsten zehn Sekunden ihrer Aufforderung nachkommen würde, dann Gnade mir Gott. Betont langsam stemmte ich mich von dem Sessel hoch. Sie hatte wieder einmal gewonnen. Ich bin noch nie gut im Argumentieren gewesen und stumm ist es noch schwieriger. Geschlagen, aber noch nicht besiegt, stapfte ich aus der Küche, die Stiegen hinauf und knallte meine Zimmertüre hinter mir ins Schloß. Da stand ich nun, wie ein kleines Kind, mit geballten Fäusten, den Fuß zum Aufstampfen bereit, Tränen des Zorns in den Augen und völlig hilflos. Am liebsten hätte ich zu schreien begonnen, doch damit hätte ich wohl allen nur einen Gefallen getan. Absolut verzweifelt fand ich mich einem Berg Wäsche, Büchern, Staub und sonstigem Krimskrams gegenüber. Nein, das aufzuräumen war ein Lebenswerk und keine Sache von zehn Minuten. Lustlos warf ich ein paar CDs von einem Eck in ein anderes. Als ich dabei war mein Bett zu richten, ist meine Hand unter den Kopfpolster geglitten und hat dieses Buch zu Tage befördert. Es ist so ziemlich der einzige Gegenstand, den ich immer an der selben Stelle aufbewahre und folglich auch schnell finde. Mit einer schnellen Bewegung wurden sämtliche Stifte, Zeitschriften und Haarbänder vom Schreibtisch gefegt. Ich wollte mir meinen Ärger erst einmal los schreiben. Da ist mir eben dieses vorhin zitierte Gedicht eingefallen. Also, ich bin der Dorn ohne Rose, meine Mutter ist der Mensch, die Rose mit Dornen, ist das, wie sie mich gerne hätte, oder wie ich für sie einmal war. Also, meine Mutter sah früher in mir die brave, folgsame Tochter, mit lauter guten, nennenswerten Eigenschaften. Das ergibt die Rose. Die Dornen sind ein lästiges Muß, die, bei jedem vorhandenen, schlechten Seiten. Ich denke, das ist einfach so und man kann nichts dagegen tun. Natürlich haben ein paar Menschen mehr Dornen als andere, man kann den Dornenwuchs auch ein bißchen regulieren, aber eben nur ein bißchen. So, früher sah meine Mutter in mir also eine dieser besagten Rosen. Jetzt hingegen, scheint es mir, daß für sie meine Rosenblätter abgefallen sind und nur noch die Dornen existieren. Ich will nicht sagen, daß ich keine guten Eigenschaften mehr habe, nein, aber die sind für sie so wenig geworden, daß sie zwischen den Dornen nicht mehr auszumachen sind. Die positiven Sachen sind es, die die ganze Pflanze noch am Leben halten, deren Saft durch den Stengel fließt. Doch sie sind es auch, die die Dornen am Leben erhalten. Ich habe also drei Möglichkeiten. Entweder ich bleibe so, wie ich bin, stumm und in den Augen einiger, wertlos, oder ich versuche die Knospen wieder zum Blühen zu bringen, dabei müßte ich aber über meinen eigenen Schatten springen und den Mund aufmachen, um mich der Welt zu beweisen. Die dritte Lösung wäre die gewagteste und zwar das, was von der ursprünglichen Rose noch vorhanden ist, völlig absterben zu lassen und ganz von vorne zu beginnen. Nicht mit Selbstmord und Reinkarnation, sondern einfach im Leben ein neues beginnen. Wie das allerdings werden würde, steht in den Sternen, da ich nicht vorausbestimmen könnte, ob Rose oder Dornen.

Jetzt reicht es aber, genug herum philosophiert. Ohne diesen blöden Streit wäre ich gar nicht auf solche geistig hohen Gedanken gekommen. Aber das war auch schon das einzig Positive daran. Warum müssen Menschen immer streiten? Ich weiß, das klingt wie: Warum sind wir nicht alle Engel, die den ganzen lieben langen Tag nichts anderes zu tun haben, als über irgendeine wunderschöne Blumenwiese zu laufen und mit goldenen Bällen zu spielen. Womit wir bei der Frage wären: Was hat ein Engel eigentlich für Aufgaben? (Kleiner Scherz, die Frage ist natürlich nicht ernst gemeint!) Was ich eigentlich fragen wollte, ist: Braucht der Mensch Streit zum Überleben? Was ist es, das uns so daran fasziniert, einander anzubrüllen? Ist es, daß wir unsere eigene Meinung lautstark vertreten müssen, oder beweisen wir so etwas wie Macht, wenn wir einander fertig machen? Und ist das Ganze nur menschlich bedingt? Letzteres glaube ich mit „nein" beantworten zu können, da ja auch

Tiere und selbst Pflanzen ständig gegeneinander ankämpfen. Um Futter, um den Lebensraum, um alles um das es sich zu kämpfen lohnt. Aber wir, warum kämpfen wir? Für Liebe, für Gerechtigkeit, oder um die Rechthaberei? Das Einzige, wo ich mit Sicherheit sagen kann, daß sowohl der Mensch, als auch alle anderen Lebewesen darum kämpfen, ist das nackte Überleben. Doch kämpfen wir mitunter mit falschen Vorstellungen. Unter Kampf um Überleben verstehe ich die Aufgabe heranzuwachsen, erwachsen zu werden und zu sein, eine Arbeit und einen Lebensraum für sich zu finden. Was ich nicht darunter verstehe, ist so etwas, was ich gerade mit meiner Mutter ausgefochten habe. Das war eine Meinungsverschiedenheit, ein kleiner Konflikt. Aber, sind Konflikte nicht dazu da, um seine Meinung an den Mann zu bringen und eine diplomatische Lösung für alle zu finden? Dazu muß man sie aber ausdiskutieren und das fällt mir momentan, wenn auch aus eigener Schuld, etwas schwer. Vielleicht habe ich zu sprechen aufgehört, weil ich mit Streitigkeiten nichts mehr zu tun haben will. So nach dem Motto: Wer den Mund nicht aufmacht, kann auch nichts Falsches sagen. Aber, soll man nicht alles bereden?

20. Oktober

Der zwanzigste Oktober, eigentlich ein Tag wie jeder andere auch. Nur, daß eben doch etwas anders war. Mir war, als hätte ich mich heute entscheiden müssen, ob ich wieder zu sprechen beginne, oder ob ich für immer stumm bleiben will. Natürlich liegt es weder an dem Datum, noch an sonst irgend etwas, und wenn ich Dr. McMoraine richtig verstanden habe, dann ist es ohnehin schon zu spät, um von heute auf morgen wieder Theaterstücke aufsagen zu können. Ja, das Ganze hat, wie denn sonst, mit meinem heutigen Besuch bei meinem Psychotherapeuten angefangen. Ich habe mich um viertel drei zu Fuß auf den Weg gemacht, denn der Herbst hatte sich entschlossen, der Menschheit einen Tag wie aus dem Bilderbuch, zu schenken. Wer so etwas schon einmal erlebt hat, wird genau wie ich darüber denken. Eine frische, aber nicht unangenehme herbstliche Brise hat schon heute Früh die Wolkendecke der letzten Tage aufgerissen und darunter einen kitschig blauen Himmel zum Vorschein gebracht. Ein paar Restwölkchen sind etwas verloren in der Gegend herumgezogen, um das blaue Dach mit ihrer wattemäßigen Erscheinung zu verzieren. Das herbstlich gefärbte Laub aller Bäume und Sträucher hat sich bemüht, in der ungewöhnlich strahlenden Sonne besonders schön zu leuchten; jedes Gestrüpp in einer anderen Farbe, versteht sich, und manchmal gleich in mehreren. Die friedlichen Häuser haben sich scharfkantig vom Himmel abgehoben. Alles in allem, es war das perfekte Postkartenwetter. So bin ich also voll guter Laune, mit mir und der Welt zufrieden, Richtung Praxis gelatscht. In einem fröhlichen Rhythmus habe ich an die Tür geklopft (das mache ich auch nie wieder). Das erste, was passiert ist, war nichts. Nach einiger Zeit, in der jeder andere die Tür eingetreten hätte, vernahm ich endlich klappernde Absätze, die auf die Türe zukamen. Das Gesicht, das mir hinter der plötzlich aufgerissenen Tür entgegenblickte, war alles andere als willkommenheißend. Shirley hatte offenbar wieder schlechte Laune. Als sie mich erkannte, fuhr sie mich ohne Begrüßung gleich an: „Kannst du nicht, wie jeder andere auch, anläuten, oder kommst du von einem Stern, wo es so etwas wie Türglocken nicht gibt?" Meine Stimmung verschlechterte sich um ein paar Grad. Weil ich aber dennoch gut aufgelegt war, beschloß ich, Shirley zu verzeihen. „Entweder du kommst endlich herein, oder du ziehst wieder ab, wir heizen ja schließlich nicht für den Efeu." Zwei seegrüne Augen blitzten mich aus einem Gestrüpp von roten Haaren heraus an. Nicht mehr ganz so frohen Mutes hüpfte ich über die Schwelle, um die launische Madame nicht noch weiter aufzuregen. Nachdem diese die Türe zugeknallt hatte, zog sie mir hektisch die Jacke von den Schultern und belehrte mich: „Mein Bruder hat noch keine Zeit für dich. Professor Egner ist bei ihm. Du wirst wohl noch eine Weile warten müssen." Sie schleuderte meine Jacke mit so einer Wucht auf den wehrlosen Kleiderständer, daß er um ein Haar gekippt wäre. Aber er schien das schon gewöhnt zu sein und balancierte im letzten Augenblick sein Gleichgewicht noch aus. Meine Stimmung sank bedenklich, aber ich wollte nicht aufgeben, ich wollte mir von Shirley den Tag nicht verpatzen lassen. Sie trippelte hinter ihren Schreibtisch, wo sie sich gewichtig in den Sessel fallen ließ. Ihre Hände zuckten in Richtung Computertastatur, doch im letzten Moment riß sie sie zurück und sah mich scharf an. „Hör zu, ich habe viel zu arbeiten. Am besten du setzt dich dort auf das Sofa und bist hübsch ruhig." Mit diesen Worten schob sie ihre Brille zurecht und begann in die Tasten zu hauen. Ich wandte mich dem braunen Lederstück zu. Shirley hatte leicht reden, denn es war praktisch unmöglich auf dem Sofa zu sitzen. Die passende Ortspräposition hätte „in" lauten müssen. Aber wahrscheinlich war das den McMoraines noch nie aufgefallen. Sie werden es erst merken, wenn einer ihrer Besucher eines schönen Tages wirklich darin versinkt und nicht mehr herauskommt. Widerwillig ließ ich mich auf dem mir zugewiesenen Sitzplatz nieder. Meine gute Laune war vollkommen verflogen – eins zu null für Shirley. War ich vor ein paar Sekunden noch quirlig und voller Tatendrang gewesen, so zeichnete ich mich jetzt durch eine schläfrige Trägheit aus. Das monotone Tippen, das weiche Möbelstück, alles lud zum Hinkuscheln und Einschlafen ein. Mir fielen die Augen zu. Mein letzter Gedanke war noch, daß sich Shirley nun wenigstens nicht mehr von mir gestört fühlen müsse. So ein Blödsinn, als ob ich sie vollabern würde. Das war wieder einmal der Beweis für mich, wie wenig die Gute mitdachte.

„Also dann Andreas, wir sehen uns am kommenden Freitag." Ich schreckte hoch. War ich wirklich eingeschlafen? Ich bekam gerade noch mit, wie Dr.

McMoraine herzlich Professor Egners Hand schüttelte, dann drückte Shirley dem Gast seinen Mantel in die Hand und schob ihn zur Tür hinaus. Verwirrt schaute ich mich um. Da stürzte auch schon Dr. Patrick auf mich zu. „Hallo, Silvie. Es tut mir leid, daß du warten mußtest, aber wie du gesehen hast, hatte ich hohen Besuch." Die letzten zwei Worte klangen alles andere als ehrfurchtsvoll, sondern eher wie die Anrede an einen guten Freund, der Andreas Egner zweifelsfrei für McMoraine war. Herr Egner leitet seit fünf Jahren die örtliche Musikschule und ist allgemein bekannt und beliebt. Was hätte er aber von einem Psychotherapeuten wollen können, oder war es vielleicht umgekehrt gewesen? „Komm rein, Shirley wird uns Tee bringen und ich werde dir das Neueste vom Neuen erzählen", sagte der Doktor lächelnd. Seine Worte erreichten meine Ohren nur mühsam und mein Gehirn fast gar nicht mehr. Ich war noch immer so schlaftrunken, daß ich mich kaum zurecht fand. Dann allerdings gab ich mir einen Ruck und kämpfte mich aus meiner weichen Umgebung auf, die mich allem Anschein nach, nicht mehr hergeben wollte. Doch irgendwann hatte ich es schließlich geschafft, dem Sofa zu entkommen, und ich konnte McMoraine durch die offenstehende Türe folgen. Er bedeutete mir, mich zu setzen, und tat dies ebenfalls. Aber gerade als er den Mund öffnete, um die Stunde zu beginnen, trappelte seine Schwester, natürlich ohne vorher anzuklopfen, mit dem Tee herein. Also klappte der Arzt seine Kiefer wieder zusammen und beeilte sich,

Shirley, ganz gentlemanlike, das Tablett abzunehmen. Er bedankte sich überschwenglich bei ihr, sodaß selbst einem Taubstummen aufgefallen wäre, daß er sie los werden wollte. Shirley selbst ließ sich nichts anmerken, aber sie ging betont langsam aus dem Zimmer. Dr. McMoraine verteilte unseren Tee. Und die folgende Szene könnte man unter: „Klappe, die zweite" abspeichern. McMoraine ließ sich, diesmal mit einer Tasse in der Hand, vorsichtig auf die Couch gleiten und machte den Mund auf. Ob er etwas sagen, oder nur auf den heißen Tee blasen wollte, werde ich nie erfahren. Denn im selben Augenblick riß eine uns gut bekannte Person mit feuerroten Haaren die Verbindungstüre auf und stürmte mit einer Schüssel voll Keksen in den Raum. McMoraine schloß seine Lippen wieder und stellte den Tee beiseite. Er nahm die Kekse entgegen, bedankte sich und sprach endlich die erlösenden Worte: „Bitte, sei so gut und laß uns jetzt allein." Shirley zog beleidigt vom Schauplatz ab. Sie hätte bestimmt zu gerne gewußt, was mir ihr Bruder so Wichtiges zu sagen hatte. Bin ich froh, daß es eine ärztliche Schweigepflicht gibt. Der Doktor drückte mir die Mehlspeise in die Hand und behielt für sich nur einen Keks zurück. Ich langte in die Schüssel und fischte einen für mich heraus, schob ihn zwischen die Zähne und begann bescheiden daran zu knabbern. Nachdem der Arzt ein paar Mal in seinem Tee herumgerührt hatte, räusperte er sich und fing endlich an zu sprechen. Das war auch schon höchste Zeit, hätte ich noch eine Minute länger warten müssen, wäre ich vor

Spannung wahrscheinlich zerrissen. „Professor Egner war gerade bei mir", eröffnete McMoraine seine Rede. Ich nickte ungeduldig mir dem Kopf. Das war schließlich nichts Neues, was er mir da erzählte. „So ein netter Mensch, sag ich dir. Er gehört zu meinen geschätztesten Freunden. Stell dir vor, er hat mir eine Karte für das Konzert nächste Woche gebracht, für das, das schon ausverkauft ist", teilte er mir strahlend mit. Aber seinen Augen fehlte ein gewisser Funken, den sie sonst immer zu haben schienen. Jetzt machte er mich nervös. Irgend etwas versuchte er hinauszuzögern. Ich begann ungeduldig mit den Beinen zu zappeln und stopfte mir zur Beruhigung noch einen Keks in den Mund. Diesmal waren es eine Art Zimtkekse mit Schokoladestückchen– einfach himmlisch– aber das ist mir erst jetzt so richtig bewußt geworden. Man hat mir meine abwartende Haltung sicher angesehen. Und zum Glück beeilte sich Dr. McMoraine weiterzusprechen: „Wie du dir denken kannst, ist es nicht mein größter Wunsch, mit dir jetzt über Musik zu philosophieren." Seine Finger hatten einen armen Keks gefangen, und so sehr sich dieser auch bemühte, in den Mund des Arztes zu hüpfen, diese hinterlistigen Finger drehten ihn einfach im Kreis und versuchten ihn zu verwirren − armer Keks. Ach Gott, warum mußte McMoraine auch nur so um den heißen Brei herum schleichen. Oder wußte er vielleicht nicht, wie er beginnen sollte? „Schau mich bitte nicht so vorwurfsvoll an, ja? Ich weiß nicht so recht, wie ich anfangen soll", stotterte er verwirrt.

Beinahe tat er mir leid, aber trotzdem, jetzt durfte ich nicht weich werden, immer weiter anstarren, wenn möglich mit dem durchlöcherndsten Blick der Welt. Früher oder später mußte er doch anfangen zu singen. (Das klingt, als ob es aus einem billigen Western wäre, trifft jedoch die Stimmung der Situation, wie den sprichwörtlichen Nagel auf sein Köpfchen.) „Kannst du dich noch daran erinnern, wie du in unserer ersten Sitzung diese Frage auf die Tafel geschrieben hast?" Er sah mich zweifelnd an. Natürlich konnte ich mich erinnern. Ich wollte damals wissen, wie das mit Verkümmerung der Stimmbänder und dergleichen sei. Und ob man plötzlich, nach einer langen Ruhepause, einfach wieder zu sprechen anfangen könnte. Ich wußte auch gut, daß ich McMoraine schon einmal nach einer Antwort fragen wollte, da er diese im Moment meiner Fragestellung auf eine unbestimmte Zeit verschoben hatte. Aber irgendwie hatte ich dann selbst immer wieder vergessen und so überraschte mich das plötzliche Aufleben dieser Frage sehr. Beinahe hätte ich vor lauter Überraschung vergessen, Dr. McMoraines Frage zu beantworten. Ich beeilte mich schnell mit dem Kopf zu nicken, schob einen weiteren Zimt-Schokokeks in den Mund und lauschte gespannt seinen nächsten Sätzen. „Du hast vielleicht gedacht, ich hätte deine Frage vergessen, aber das stimmt nicht. Ich wußte nur selbst niemanden in meinem Bekanntenkreis, der sie mir hätte beantworten können. Zugegebenermaßen habe ich auch nicht fanatisch nach einer Person mit dieser Fähigkeit gesucht." Er klimperte schuldbewußt mit den Wimpern und nahm einen tiefen Schluck von seinem Tee. Es war der letzte, ich hingegen hatte noch gar keinen genommen. Ich beeilte mich das nachzuholen. Der Tee war mittlerweile kalt. In einem Zug schüttete ich ihn hinunter und stellte die Tasse auf den Couchtisch. Währenddessen sprach Dr. McMoraine kein Wort. Aber als ich meine Prozedur vollzogen hatte, schöpfte er von neuem Atem. „Also, ich weiß wirklich nicht ganz, wie und wo ich beginnen soll. Im nachhinein ist es dann wahrscheinlich ganz einfach, doch noch leider nicht. Silvie", seine Stimme war auf einmal tief und sehr ernst, „du hast dich, aus welchem Grund auch immer, dazu entschlossen, nicht mehr zu sprechen." Mein Blick war ihm unangenehm. Ich weiß, meine Augen können zu Dornen werden, wenn ich dazu einen Anlaß habe und Dr. McMoraine ritt mir schon zu lange auf der selben Stelle herum. Daß ich nichts sprach, war ja wohl nichts Neues. „Versteh mich nicht falsch, es geht momentan auch nicht nur um die Ursache deines Entschlusses, ausnahmsweise nicht. Es geht vielmehr um den Entschluß selbst." Hätte er noch weiter so vorsichtig und undurchsichtig geredet, hätte ich ihm wohl das Teehäferl an den Kopf geknallt, so gespannt war ich mittlerweile. Meiner Meinung nach hat dieser Mensch sowieso den falschen Beruf erwischt. Nicht, daß er als Psychotherapeut nichts taugt, jedoch versteht er sich blendend darauf, Spannung aufzubauen. Er hätte Alfred Hitchcocks Nachfolger werden sollen, er wäre steinreich geworden. „Wie du mir selber berichtet hast, hat dir dein Vater irgend etwas über die Verkümmerung der Stimmbänder, oder so, erzählt." Ich nickte. „Nun ja, der gute Andreas, Professor Egner, hat wohl oder übel eine Menge mit Musik zu tun. Wie du eigentlich wissen solltest, ist die Stimme auch eine Art Instrument. Ich habe mir also gedacht, ich werde den Professor zu unserem kleinen Problem befragen", er sah mich erwartungsvoll an. He, einen Augenblick mal, warum sah er mich erwartungsvoll an? Hat er erwartet, daß ich etwas sage? Wohl kaum, aber es schien ihm auch nichts daran gelegen, weiter zu reden. Nur, meine Neugierde war noch lange nicht befriedigt. Der wichtigste Teil des Gesprächs fehlte ja noch für mich. Ich hätte ihm wirklich den Hals umdrehen können. Das war so, als ob man jemanden fragt: „Entschuldigung, haben Sie vielleicht eine Uhr?", und der andere sagt: „Ja", und geht weg. Aber was mein Mund verweigerte, sagten meine Augen, sodaß McMoraine schließlich gnädiger Weise weiter sprach: „Ich habe ihn also gefragt, was er mir zu dem Schlagwort „Stimme" alles erzählen könne. Das war allerdings ein Fehler und ich konnte mich nur mit Müh und Not vor seinen ausführlichen Memoiren retten, indem ich ihn kurzerhand Richtung Stimmlosigkeit, Stimmbandverkümmerung und -versagen gelotst habe." Er sah mich beifallheischend an. Doch als keine Reaktion kam, setzte er fort: „Ich hätte ihn natürlich klar nach deinem Fall fragen können, was ich im Endeffekt auch mehr oder weniger getan habe, aber du weißt ja, ich unterliege einer ärztlichen Schweigepflicht." Ein dankbares Nicken meinerseits. „Also, ich habe den Professor erst einmal gefragt, was passieren würde, wenn jemand von heute auf morgen seine Stimme nicht mehr gebrauchen würde. Die medizinischen Einzelheiten werde ich dir jetzt ersparen, es genügt, wenn sich das einer von uns beiden geben mußte. Ich fasse mich kurz: Deine Stimmbänder sind nichts anderes als Muskeln. Um Muskeln zu erhalten, muß man sie trainieren. Du kennst das vielleicht, wenn du schon einmal eine gebrochene Hand oder einen gebrochenen Fuß gehabt hast. Den gebrochenen Teil im Gips bewegt man kaum und wenn das weiße Zeug dann wieder herunten ist, ist der eine Arm oder Fuß dünner und abgemagerter als der, der die ganze Zeit über beansprucht wurde. Dann muß man ihn erst wieder kräftigen, trainieren und aufbauen. Bei solchen Sachen wie einem Gips, der nach drei bis fünf Wochen wieder weg ist, stellt das kein Problem dar. Bei schlimmeren Verkümmerungen jedoch ist die Chance auf eine völlige Rehabilitation geringer." Worauf zum Teufel wollte er hinaus? „Ich habe mich genau erkundigt, was geschehen würde, wenn jemand, der seine Stimme nur über ein Jahr nicht benutzt hat, wieder zu reden anfangen würde. Kurz gesagt, wenn du jetzt den Mund aufmachen würdest, würde kaum mehr als ein heiseres, kaum wahrnehmbares Flüstern herauskommen. Du müßtest erst langsam trainieren und dürftest die Stimme logischer Weise nicht sofort voll belasten. Du kannst es gerne ausprobieren." Er blickte mich herausfordernd an, sodaß mir eine Gänsehaut den Rücken hinunter kroch. Nein, sicher nicht, lieber Herr Doktor. Ich wäre ja schön blöd, wenn ich jetzt einen Ton von mir geben würde. „Nun weißt du, wie es deinen Stimmbändern momentan geht. Muß kein sehr angenehmer Zustand sein." Die armen Stimmbänder, ich beginne gleich zu weinen. „Hast du noch irgendwelche Fragen zu deinem menschlichen und medizinischen Phänomen?" Njet, no, non, ne, nein, das einzige, was ich wollte war, so schnell wie möglich aus der Praxis verschwinden. Ich habe mich von Dr. McMoraine verabschiedet, der mich ohne mit der Wimper zu zucken gehen ließ, bin an Shirley vorbei gerauscht und auf die Straße. Der Heimweg war leider nur noch halb so lustig wie der Herweg. Ich mußte die ganze Zeit an die dramatische Schilderung über die Vernachlässigung des Sprachorgans nachdenken. Natürlich bin ich immer noch davon besessen, meinen Mund zu halten, aber ich war knapp dran einen Versuch zu wagen, in aller Stille, wo es niemand hätte hören können. Ich verstehe mich eigentlich selbst nicht. Warum habe ich zu reden aufgehört, wenn es mich erschreckt? Ja, es erschreckt mich, wie ein Mensch auf so eine Idee kommen kann. Was kann einen wohl dazu bewegen? Andererseits kannte ich (fast) alle Risiken und Nebenwirkungen von Anfang an. Und ich bin fest entschlossen, zu meiner Entscheidung zu stehen.

Mein Name ist Silvia Kart, und ich habe vor einem Jahr aufgehört zu sprechen.

Aber mir ist, als wäre es erst seit heute.

31. Oktober

Der richtige Tag für Hallowe´en. Draußen ist es düster und ein leichter Nebel schleicht durch die Gassen. Es ist erst vier Uhr und trotzdem sitze ich hier bei Licht. Was noch dazu kommt: ich habe schlechte Laune. Noch heute Morgen war der Himmel strahlend blau, ich habe auf eine Französischschularbeit einen Dreier bekommen und hätte die ganze Welt umarmen können. Nicht wegen dem Wetter, nicht wegen der Note, einfach so, aber dann ist alles auf einmal umgekippt (außer der Note, zum Glück). Das Wetter wurde trübselig und ich mißmutig und bei dem momentanen Stand der Dinge hätte ich große Lust irgend jemanden ins Gesicht zu schlagen. Ich weiß nicht warum, ich bin einfach grantig. Und die Tatsache, daß mich alle Leute darauf ansprechen, macht mich noch wütender. Vielleicht weil ich weiß, daß ich im Nachhinein ein schlechtes Gewissen haben werde. Na bitte, es fängt schon an, sonst hätte ich den letzten Satz gar nicht geschrieben. Ich frage mich gerade, ob ich diejenige bin, die es sich so schwer macht, oder ob mir die anderen alles schwer machen. Ich denke, ich bin es selber. Dadurch, daß ich nicht spreche, habe ich mich vollkommen auf das Denken verlegt. Jetzt erwarte ich, daß die anderen meine Gedanken lesen, und ich bilde mir ein, daß ich es bei ihnen tue. Aber auch als ich noch gesprochen habe, hatte ich immer das Gefühl, nicht nur für mich, sondern auch für andere mitzudenken. Es wäre wahrscheinlich besser, ich würde damit aufhören. Doch das ist wie eine lästige Gewohnheit. Man kann sie nicht so einfach ablegen. Wenn man sein Leben lang gesalzene Suppe gegessen hat, dann kann man das Salz auch nicht von einem Tag auf den anderen weglassen. Man kann sich nur langsam umgewöhnen.

So, mittlerweile habe ich es geschafft. Ich fühle mich weder grantig noch schuldbewußt, ich fühle mich einfach frei, nachdem ich all den Ärger losgeschrieben habe. So frei und unbekümmert fühle ich mich nur selten. Ich habe dieses Gefühl immer nur dann, wenn ich auf den Hügel vor unserem Haus steige. Von dort aus hat man einen herrlichen Blick über die ganze Umgebung. Man sieht Häuser, Weingärten, höhere Berge und bei besonders guter Fernsicht bis zur tschechischen Grenze. Ich könnte stundenlang dort oben stehen und mich umsehen. Es ist das Gefühl, alles Unerwünschte hinter sich gelassen zu haben und ganz mit sich selbst zufrieden die Freiheit des Augenblicks zu genießen. Wenn ich genug geschaut habe, setze ich mich meistens unter eine alte Schirmföhre. Ich liebe diesen Baum. Er steht in der Mitte des Hügels, vom übrigen Wald abgegrenzt. Lehne ich mich an seinen Stamm, habe ich das Gefühl, daß der Baum zu mir spricht. Ich weiß, das klingt komisch, um genau zu sein, es klingt sogar blöd, aber es ist nun einmal so. Ich kann es nicht besser beschreiben. Ich erzähle dem Baum alle meine Sorgen, natürlich ohne meine Stimme zu gebrauchen. Und die Föhre berichtet mir aus längst vergangenen

Zeiten vor hundert Jahren, denn der Baum ist schon sehr alt. Vielleicht bin ich nur eine hoffnungslose Träumerin, aber was bleibt dem Menschen denn wirklich, außer seinen Träumen? Die Welt in der wir leben ist so voller Fortschritt und Wissenschaft, jeder interessiert sich nur für den neuesten Computer und die noch effektivere Hi-Fi Anlage. Aber, vergessen wir dabei nicht, daß alles vergänglich ist? Sogar wir selbst und was wird am Schluß anderes übrigbleiben als unsere Träume?

Ich habe ein Gedicht geschrieben. Ich habe es noch niemandem gezeigt, weil mich wahrscheinlich alle für verrückt erklärt hätten. Sie würden mich auslachen, und das würde ich nicht verkraften. Einer meiner Fehler ist es, daß ich keine Kritik vertrage. Ich bemühe mich, aber ich schaffe es nicht ganz. Wenn sich also jemand über etwas lustig macht, das mir sehr am Herzen liegt, dann ist es, als würde ein Teil in mir zerbrechen. Lange Rede, kurzer Sinn, ich werde einfach einmal schauen, ob ich mich noch an das Gedicht erinnere. Wer das auch immer liest, was eigentlich niemand tun dürfte, da es sich ja um mein Tagebuch handelt, der versteht mich vielleicht ein bißchen besser.

DIE ALTE FÖHRE

Dein rauher Stamm so weich,
Die knorrigen Äste erhaben in die Luft gestreckt.
Wie lange stehst du schon so da?
Hundert Jahre, Zweihundert?

Du hast viel erlebt,
Du bist alt und weise.
Du strahlst eine eigenartige Kraft aus,
Eine Kraft, die nur der spürt, den du sie spüren läßt.

Diese Aura ist einzigartig.
Sie bedeutet Leben, Freiheit.
Ich fühle mich geborgen bei dir.
Ich fühle mich wohlig ruhig.

Wenn ich traurig bin, tröstest du mich.
Wenn ich glücklich bin, dann freust du dich mit mir.
Dir kann ich alles erzählen,
Du bist immer da.

Viele sagen: „Nur ein Baum"
Aber alles lebt, auch du.
Nur, bist du anders,
Du lebst, weil ich es will!

Ich kann stundenlang unter diesem Baum sitzen, der mich wie ein Magnet anzieht. Dort denke ich in aller Ruhe nach. Das betrifft Alltägliches und Außergewöhnliches in gleichem Maße. Das letzte Mal, zum Beispiel, ist mir der Gedanke gekommen, daß, wenn Menschen nur aneinander vorbeigehen, sie automatisch ein Teil der Lebensgeschichte des jeweils anderen werden. Denn diese eine Sekunde, in der man aneinander vorübergeht, gehört ja auch zum Leben. So wird man gegenseitig Teil einer Geschichte.

Die Föhre hat mir Recht gegeben.

1. November
(Allerheiligen)

Wieder einmal ein schulfreier Tag, herrlich. Aber gemäß dem Feiertag wollten mein Vater und ich seine vor Jahren verstorbene Tante auf dem Wiener Zentralfriedhof besuchen. Normalerweise fahren wir ja alle zusammen, doch meine Mutter klagte über Migräne, Anna mußte irgend etwas lernen und Jakob stellte einfach auf stur und wollte nicht mitkommen. So blieben nur wir zwei. Wer schon einmal versucht hat, zu Allerheiligen auf den Zentralfriedhof zu gehen oder auch nur in die Nähe davon zu gelangen, der wird verstehen, warum wir uns dazu entschlossen, öffentlich zu fahren. Tausende Leute drängen umher, zuerst will jeder einen Parkplatz vor dem Friedhofstor und dann auf dem schnellsten Weg zum Grab des lieben Verstorbenen. Dabei nehmen die Leute keine Rücksicht auf einander, so daß es mich wundert, daß nicht alljährlich ein paar zu Tode getrampelt werden. Alles geht nach dem Motto: Huldigt den Toten, die Lebenden sind egal. Manch einer mag das nicht so sehen, aber es ist meine Meinung. Vielleicht liegt es auch daran, daß ich eine schlechte Erfahrung damit habe. Mir ist da als kleines Kind nämlich etwas passiert. Ich kann mich kaum noch daran erinnern. Doch ich bin überzeugt davon, daß tief in meinem Unterbewußtsein diese Angst eingegraben liegt. Damals, Jakob war noch nicht auf der Welt, waren wir, wie so üblich, zu Allerheiligen am Friedhof. Und dieser war natürlich stark besucht. Für ein kleines Kind ist es ziemlich unverständlich, warum dort so viele Leute herumrennen, alle mit einer trauernden Miene und viele in schwarz gekleidet. Ich habe nicht verstanden, warum sie so traurig auf die Blumenkränze zu ihren Füßen hinabsehen. Und dann überall diese kalten Steine. Obwohl ich noch nicht lesen konnte, wußte ich, daß auf diesen Steinen Sachen standen, die die Leute zum Weinen brachten. Plötzlich, von einer Sekunde auf die andere waren meine Eltern und Anna verschwunden. Suchend drehte ich mich im Kreis, konnte aber nur lauter fremde Gesichter ausmachen, die mich alle fast feindselig anzustarren schienen. Verzweifelt stolperte ich zwischen den Grabsteinen durch, und ich weiß nicht, wie ich darauf kam, aber auf einmal bildete ich mir ein, Anna und meine Eltern würden unter einem dieser Steine liegen. Ich begann zu schluchzen. Da stand ich also, ein kleines Mädchen, ohne Eltern, mitten auf dem Zentralfriedhof. Was für ein Glück, daß es so etwas wie einen mütterlichen Instinkt gibt. Meine Mutter tauchte hinter einem der Grabsteine auf, trocknete meine Krokodilstränen und führte mich zu den anderen. Dann durfte ich auf dem Grab von der Tante meines Vaters eine Kerze anzünden und die Welt war für mich wieder in Ordnung. Ich habe also gewisse Vorerfahrungen mit Friedhöfen, die mir immer ein komisches Gefühl geben. Doch heute war ich so voller guter Dinge, ich habe mich richtig auf den kleinen Ausflug mit meinem Vater gefreut. Ein herrliches Wetter, einen freien Nachmittag, was kann man sich mehr wünschen? Wir sind also gegen neun Uhr Ortszeit los marschiert Richtung Straßenbahnhaltestelle. Die „Bim" hat sich mit dem Daherkommen natürlich wieder einmal endlos Zeit gelassen, aber ich habe es richtiggehend genossen, in der frischen Luft herumzustehen. An der Haltestelle waren wir die einzigen Personen, was sich in der Straßenbahn jedoch schlagartig änderte. Überall saßen Leute, die Blumen zurechtzupften und Kerzen aus den Handtaschen und wieder zurück beförderten. Wir quetschten uns dazwischen und warfen uns vielsagende Blicke zu. Die Fahrt erschien mir endlos. Von hier drinnen konnte man das schöne Wetter nur vorbeiziehen sehen. Das letzte Stück gingen wir zum Glück zu Fuß. Endlich am Friedhof angelangt, war es dann auch wie immer. Wir sind zum Grab gegangen, haben ein paar Kerzen angezündet, haben ein Gebet gesprochen und ein Kreuzzeichen geschlagen. Nein, ich meine das weder abwertend noch sarkastisch. Ich stelle die Dinge nur fest. Dann sind wir wieder zur Straßenbahn spaziert, um den Heimweg anzutreten. Nach einer Wartezeit von fünf Minuten, in der ich es geschafft hatte, ein Loch in meine Schuhe zu machen, nachdem ich sie erbarmungslos in den Kies gebohrt hatte, kam das öffentliche

Verkehrsmittel angerattert. Wären wir nur nicht eingestiegen! Hätten wir doch auf die nächste Bahn gewartet! Vielleicht wäre dann alles anders gekommen. Wir erkämpften uns also die letzten Plätze, mit dem Erfolg, diese dann an zwei ältere Damen abtreten zu müssen. So standen wir in der Gegend herum, genau vor der Tür. Zwei Stationen lang ereignete sich nichts Weltbewegendes. Aber dann stiegen genau bei unserer Türe ein Mann und eine Frau ein. Nun gut, das ist ja an und für sich nichts Besonderes. Auch daß die beiden von der Sorte waren, die einem auf den ersten Blick unsympathisch ist, will nichts heißen. Doch der dritte Punkt, der mit den zweien in Verbindung stand, war maßgebend. Sie stritten. Und das so unüberhörbar und auffällig, wie es nur geht. Sie hielten nicht einmal beim Einsteigen inne. Er schimpfte wüst auf sie ein, und sie versuchte sich die ganze Zeit ebenso wortgewandt zu verteidigen. Alle Anwesenden im Waggon sahen zum Fenster hinaus oder starrten in die Luft. Sie taten, als würden sie von dem augenscheinlichen Streit nichts mitbekommen, diese Feiglinge. Dem tobenden Mann hing das fettige Haar strähnig ins Gesicht. Um den linken Arm hatte er eine Mullbinde gewickelt, mit der rechten hielt er sich fest. Die Frau stand ihm genau gegenüber, die Finger beider Hände in eine der Haltestangen verkrallt. Aus Wut drückte sie immer fester und fester zu, sodaß ihre Finger vollkommen blutleer schienen. Plötzlich eine heftige Bewegung, er wollte mit der Hand nach ihr schlagen. Dabei löste sich der Verband und eine Reihe von Einstichen wurde sichtbar. Ihn schien das nicht im geringsten zu stören. Er war vollauf damit beschäftigt seinem Gegenüber zu drohen. Er schrie sie immer wieder an, sie habe ihn betrogen, aber das werde nie mehr vorkommen. Seine Augen traten wild und unmenschlich aus den Höhlen. Da geschah es. Die Straßenbahn stoppte, sodaß er sich nicht länger anzuhalten brauchte, und er beide Hände frei hatte. Durch das wiedergewonnene Gleichgewicht bestärkt, trat er einen Schritt vor, holte aus und schlug zu. Ohne einen Mucks sackte die Frau zusammen. Das war ein astreiner k.o.-Schlag gewesen. Ihr Pech war nur, daß sie beim Fall mit dem Hinterkopf auf einer Sesselkante aufgeschlagen war. So lag sie da, und langsam breitete sich ein roter Teppich unter ihr aus. Im Waggon herrschte absolute Stille. Die Bahn setzte sich wieder in Bewegung. Die Leute rührten sich nicht. „Sie können die Frau doch nicht einfach schlagen!" Das war mein Vater, der als erster den Schock überwunden hatte und zur Gegeninitiative überging. „Ach, nein und warum nicht?" Der Irre stand direkt neben uns. Immer noch halb über die Verletzte gebeugt, funkelte er uns böse an. Sein Zorn war durch seine Tat keineswegs verraucht, im Gegenteil. Mein Vater öffnete den Mund, holte Atem für einen weiteren Protest, aber dazu kam er nicht mehr. Der Verrückte holte ein zweites Mal aus, doch statt der Frau traf die Faust dieses Mal den Magen meines Vaters. Der krümmte sich vor Schmerz. Der zweite Schlag erwischte ihn am Kinn und ließ ihn zu Boden gehen. Die Leute ringsum schrien, jemand zog die Notbremse. Was dann geschah, weiß ich nicht mehr so genau. Ich glaube, irgendwer stieg aus um die Polizei und die Rettung zu verständigen. Ich weiß nur, daß ich neben meinem Vater kniete, seinen Kopf, der noch immer wie im Schlaf dalag, zwischen meinen Händen. Ich war verzweifelt. Ein dumpfer Schmerz erfüllte meinen ganzen Körper. Ein Schmerz von der Sorte, die man nur ganz selten fühlt, aber für immer im Gedächtnis behält. Die Leute rund um mich schrien immer noch quer durcheinander. Ich wollte auch schreien. Ich öffnete meinen Mund und atmete schwer. Die ganze Zeit über, in der ich nichts geredet habe, habe ich mich trotzdem nie mundtot gefühlt. Aber jetzt war ich zum ersten Mal in meinem Leben wirklich sprachlos. Da öffnete der Kopf in meinen Händen die Augen. Mein Vater lächelte. „Es geht schon wieder", flüsterte er. Dann, mit einer etwas festeren Stimme: „Weißt du was? Ich glaube, ich verstehe dich endlich. Manchmal ist es vielleicht besser, man ist stumm." Mein Mund war noch immer offen. „Manchmal schon", sagte ich, wollte ich sagen, doch es kam kein Ton heraus. Nur ein heiseres Krächzen. Aber mein Vater bemerkte es. Tränen traten in seine Augen. Dann kamen die Sanitäter und führten ihn auf einer Bahre davon.

Ich glaube, morgen werde ich dieses Buch zu Dr. McMoraine bringen.

EPILOG

„Ich als Mutter würde sagen, daß das die unglaublichste, unwirklichste und doch realste Geschichte ist, die mir je im Zusammenhang mit meiner Tochter untergekommen ist. Wenn ich ehrlich bin, ich finde überhaupt keine passenden Adjektiva, mit denen ich das alles richtig beschreiben und die Gefühle weiter vermitteln könnte. Es hat sich einfach zu viel auf der emotionalen Ebene abgespielt. Und ich denke, ein Teil davon, hatte auch etwas mit der Seele zu tun." Ja, diesen Wortschwall bekommt jeder zu hören, der meine Mutter auf meine einstmalige Stummheit anspricht. Sie versucht sich locker zu geben, als ob sie die Sprache nicht so wichtig und ihr Fehlen als normal ansehen würde, aber zu allererst war es doch ein großer Schock, den sie im Nachhinein zu überspielen versucht. Ich meine, stellen Sie sich vor, Ihr kerngesundes, fröhliches Kind hört von einem Tag auf den anderen zu sprechen auf. Was würden Sie tun? Würden Sie es zwingen, den Mund aufzumachen? Und wenn, dann wie? Falls Sie irgendwelche guten Ratschläge parat haben, schicken Sie diese bitte meinen Eltern, damit sie, falls ihnen so etwas Ähnliches nochmals widerfahren sollte, vorbereitet sind. Ich wünsche ihnen jedoch, daß das nie wieder der Fall sei. Einmal eine stumme Tochter ist machbar, aber ein zweites Mal, stehen sie das nicht durch (sofern es nicht physisch bedingt ist.) Zuerst hat die ganze Familie alles nur für einen schlechten Scherz gehalten. Alle lachten darüber, doch mit der Zeit wurde es ihnen einfach lästig. Das ist, wie wenn Ihnen jemand alles nachspricht. Vorübergehend lachen und blödeln Sie mit, aber irgendwann fällt es Ihnen auf die Nerven. Wenn Sie Glück haben, ist Ihr „Papagei" von feinfühliger Natur und hält seinen „Schnabel", sobald er merkt, daß Sie langsam wütend werden. Wenn Sie Pech haben, dann wird er Sie weiter verfolgen und Sie können kaum etwas dagegen unternehmen. Meine Eltern hatten zwar gegen kein Plappermaul, dafür mit dem Gegenteil zu kämpfen. Als ich ihnen sagte, beziehungsweise schriftlich mitteilte, daß ich nie wieder sprechen wolle, fielen sie aus den bekannten, fiktiven Wolken. Sie haben immer wieder nach dem „Warum" gefragt, aber bis heute keine Antwort erhalten. Stundenlang sind sie in der Nacht wach gelegen und haben überlegt, was sie falsch gemacht hatten. Geht jemand jetzt, nachdem fast zwei Jahre vergangen sind, zu mir hin und fragt mich, warum ich über ein Jahr nicht gesprochen habe, antworte ich nur lächelnd: „Weil ich es mußte." Und wenn mein Gegenüber dann witzig sein möchte und mit: „Und zu sprechen angefangen hast du auch wieder, weil du es mußtest", kontert, so entgegne ich ruhig: „Ja." Ich wünschte, mein Vater wäre so ruhig gewesen, an dem Nachmittag, als die Philli-Tant zu Besuch war. Er ist damals ja völlig ausgerastet. Das plötzliche Auftauchen seiner Tante, gegen die wir alle an und für sich nichts haben, die jedoch auf Dauer sehr wohl anstrengend wird, und dann noch ein sture Tochter, das war ein wenig zu viel für ihn. Ganz anders verlief es aber, nachdem er meine Stummheit mehr oder weniger akzeptiert hatte. Er hat mich überall verteidigt und sich für mich eingesetzt. In der Schule bei meinen Lehrern, vor unseren Verwandten und Freunden, ständig stellte er unmißverständlich klar, daß die Entscheidung seiner Tochter für sie das Beste war, da sie selbst und aus freien Stücken ihren Weg gegangen sei. Meine Mutter urteilt jetzt, wo alles vorbei ist, über ihre eigene Haltung sehr kritisch. Sie fürchtet, sie habe sich, sobald vor anderen darüber gesprochen wurde, in ihr Schneckenhaus zurückgezogen und sich nicht mehr gerührt, bis dieses Kapitel wieder abgeschlossen war. Soviel zum Thema Solidarität gegenüber den eigenen Kindern. Nicht einmal am vierundzwanzigsten Dezember, dem Tag der Nächstenliebe, der Aufopferung und der Familie, hatte sie die Kraft und den Mut mich gegenüber meiner Großmutter zu verteidigen. Als die gute Oma komplett verwirrt und aufgeregt aus dem Eßzimmer, in dem sie gemeinsam mit mir den Tisch decken sollte, in die Küche stürzte, bearbeitete mein Mütterlein in aller Ruhe unsere Weihnachtsgans weiter, ohne von ihr Notiz zu nehmen. „Ist das normal?", japste ihre aufgeregte Schwiegermutter los, „wie könnt ihr euer Kind stumm aufwachsen lassen? Wo steckt denn da die Moral?" Die Angesprochene antwortete nicht, sondern knetete in einem fort unser noch rohes Abendessen. Meine Großmutter spürte genau, daß ihrem Blick ausgewichen wurde. „Tamara!", kam es auch schon in ärgstem Befehlston, „schau mir ins Gesicht, wenn ich mit dir rede!" Langsam drehte sich der Kopf meiner Mutter in die Richtung, aus der die Stimme kam. Doch bevor er wirklich dort war, stürmte Anna in die Küche. „Würzt du die Gans nur mehr, oder mußt du sie zuerst noch umbringen?", war das Einzige, was ihr beim Anblick der in das kalte Fleisch verkrallten Finger einfiel. Sekunden später hatte sie jedoch die Situation durchschaut. Sie zupfte ihre Großmutter sanft am Ärmel und flüsterte: „Omi, gehen wir ein paar Teller mit Keksen für die Nachspeise füllen?" Und schon zog sie, mit den erwartungsvollen Augen eines Kleinkindes, ihre immer noch grummelnde Oma davon. Ja, Anna war und ist der ständige Retter in der Not. Vor zwei Wochen ist sie ausgezogen, in eine kleine Stadtwohnung. Sie arbeitet jetzt in einer Anwaltskanzlei, die von der Wohnung aus besser zu erreichen ist. Obwohl sie in letzter Zeit wenig zu Hause war, fehlt sie uns allen sehr. Zumal ich nun an der Uni bin und mich am liebsten in der Universitätsbibliothek aufhalte, ist das Haus selten voll. Ich studiere Psychologie und Philosophie und möchte später einmal eine eigene Praxis haben. Genau so eine wie Doktor McMoraine, mit einem Vorzimmerdrachen, großen Fenstern und einem altmodischen Kamin. Na ja, den Segen meiner Eltern habe ich. Sie sind so froh, daß ich mein Selbstvertrauen wiedergefunden habe. Eigentlich war es ja nie verschwunden, doch sie neigen dazu, Selbstvertrauen und verbale Ausdrucksform in einen Topf zu werfen.

Und, wie ich finde, mit gutem Recht, oder halten Sie stille Menschen für selbstbewußt? Natürlich gibt es das Sprichwort „Stille Wasser sind tief" und daß das nicht nur irgendein Spruch ist, habe ich meine Verwandtschaft ja gründlich gelehrt. Aber die sollen nicht meckern. Je älter man wird, um so verbohrter, mißtrauischer und unaufgeschlossener wird man neuen Sachen gegenüber. Der Mensch hat von Natur aus einen Hang, an all dem festzuhalten, was ihm vertraut und sicher erscheint. Das ist ein logischer Überlebensinstinkt. Stellen Sie sich die armen Leute zur Zeit der Eroberung des Luftraums durch den Menschen vor. Wie erklärt man einem Wesen, das mühsam das aufrechte Gehen gelernt hat, das noch manchmal in Konflikt mit der Schwerkraft kommt, wie erklären Sie so einem Wesen, das von sich behauptet, Gott habe es auf die Erde geschickt, um darüber zu herrschen, daß es fähig ist, sich auch in der Luft fortzubewegen. Für uns heutzutage ist das eine Selbstverständlichkeit. Was für meine Umgebung keine Selbstverständlichkeit hatte, war die plötzliche Sprachlosigkeit meinerseits. Genau so wenig selbstverständlich war es, daß ich wieder zu sprechen angefangen habe. Aber alle nehmen es als gegeben hin, so wie sie es akzeptieren, daß die Erde rund ist, der Himmel blau und jeder Mensch einzigartig. Für mich hat alles einen Sinn, so wie es ist.

ABSCHLUSSWORTE EINER SCHWESTER

„Ich als Schwester würde sagen…bla,bla,bla. Nein, so kann man kein „Feedback" anfangen. Also noch einmal: Meine liebe Schwester, meine liebe Silvie, weißt du eigentlich, ich meine, hast du manchmal selber noch eine Ahnung wovon du sprichst? Oder philosophierst du nur wild in der Gegend herum? Wenn das der Fall sein sollte, so fühle ich mich hiermit verpflichtet, deine Umwelt zu warnen. Bei aller Liebe, du mußt zugeben, es geht doch ein bißchen zu weit, einem Kapitel den Titel „Epilog" zu geben, und es dann von den Anfängen der Menschheit handeln zu lassen. Gut, nicht gerade von den Anfängen, aber im Großen und Ganzen sprichst du von Mensch und Natur, von Gott und der Welt und nicht von einem Ende für dein Buch. Hast du schon einmal im Wörterbuch unter „Epilog" nachgeschlagen? Da stehen eindeutig die erklärenden Worte „Nachwort" und „Ausklang", nicht „Neubeginn". Aber, weißt du was? Ich liebe deine kleinen Verrücktheiten. Ja, ich mag sie sehr gerne, allesamt. Daß du Reißnägel und Papier aufeinander abstimmst, daß du dich in deinem eigenen Zimmer nicht zurecht findest, daß du von Autos zerfahrene Cola-Dosen sammelst, daß deine Socken immer zwei verschiedene sind und daß du manchmal mit dem Ende beginnst und mit dem Anfang aufhörst, das sind einfach Dinge, die zu dir gehören, genauso wie deine Sturheit. Ich muß zugeben, daß ich dich für deine Ausdauer bewundere. Vor allem als du dir in den Kopf

gesetzt hattest, den Mund nicht mehr aufzumachen. Was eigentlich blöd ist, weil der Mund ja ein Teil des Kopfes ist. Was red' ich da? Jetzt hast du mich schon angesteckt mit dieser Wortklauberei. Jedenfalls, selbst wenn ich diesen Vorsatz gefaßt hätte, ich wäre mir spätestens nach zwei Wochen wieder untreu geworden. Ein Jahr durchzuhalten verbuche ich als tolle Leistung. Nicht daß ich dir hiermit sagen wollte: „Halte deine Klappe, am besten für immer", oh nein, das war nicht meine Absicht, ich wollte dir mehr gratulieren, denn du hast es geschafft einen Entschluß zu fassen und dabei zu bleiben, egal wie deine Umwelt deine Entscheidung auffaßt. Nun könntest du antworten: „Aber ich habe doch wieder zu sprechen angefangen", doch auch das war (d)ein Entschluß, bei dem du geblieben bist. Viele Leute haben Schwierigkeiten Entscheidungen zu treffen und diese anschließend auch für richtig anzusehen. Nimm mich zum Beispiel. Ich wechsle monatlich meine Hobbies. Das tue ich zwar aus eigenem Entschluß heraus, bin dann ganz besessen davon, nur um mir kurze Zeit später einen neuen Zeitvertreib zu suchen. Ich weiß nicht, ob du verstehst, was ich dir beibringen will. Aber ich denke schon, bist schließlich meine Schwester. Und für alle, die es nicht verstanden haben:
Was habt ihr in einem fremden Tagebuch zu suchen?